なっちゃんの花園

寮 美千子

西日本出版社

目次

登場人物は一部仮名です

秘密の花園

燃えあがる花びら

それはまるで秘密の花園だった。

コロナ禍が席巻し、外国人観光客で溢れていたこの町から、人影が消えた二〇二〇年四月のことだった。年間五十回に及ぶわたしの講演会はすべてキャンセルになり、収入は限りなくゼロに近づいた。しかし、いいこともあった。あてどなく散歩をする時間ができたのだ。夫と二人ぶらぶら歩き、普段曲がらない道で曲がり、通らない路地に入ってみる。もう何年も忘れていたささやかな喜び。久しぶりに味わう、贅沢な時間だった。

その道は、川をまたいでいた。ふと川岸を見ると、幅が一尺ほどの小道が川沿いに奥に続いている。獣道のような土の道だと思ったが、よく見ればコンクリート敷きだ。しかし、それはガタガタに波打ち、ひび割れて、いかにも素人仕事といった風情だった。入口には「ゴミ捨て禁止　通る人お願いします」と立て札があった。幼い子が書いたような拙(つたな)い文字だ。道の脇には、確かにだれかが植えたのだと思われる園芸品種の花々が咲き誇っていた。

そういえば、以前も一度通ったことのある道だと思いだした。「ここを通ってもいいんだろうか。他人の家の庭ではないだろうか」と心配になるような、家の軒先をかすめる細い道だ。この先には、小さな橋があるはずだった。年季の入った丸木橋で、手すりもない。小道の花に誘われ、久しぶりにその道を通り抜けてみよう、と歩きだした。

無造作に咲いた花が、どこか英国風の庭園を思わせる。少し行くと、なんと蔓草(つるくさ)のアーチまであり、黄色い小花が満開だった。ますます英国風だ。こんなものがあるというのは、やはりだれかの庭なのだろうか。恐る恐る花のアーチを潜(くぐ)り、さらにその先にいくと、小さな広場があった。一面にオレンジ色の花が咲き乱れている。

「あ、これは……」と、夫が小さく叫んだ。わたしも眉をひそめる。外来植物のナガミヒナゲシだ。一つの実に千六百粒ほどの種が入っていて、多いときには一株から十五万粒ほどが放出される。青い実でも発芽力があるというからやっかいだ。その上、他の植物の成長を妨げる物質を根から出すという。かわいい顔をして、凶暴ともいえるほどの繁殖力を持つ草なのだ。そのため、急速に全国に広まり、地方自治体によっては駆除対象になっている。わたしの住む町も、数年前からこの草に侵略され、格子戸の並ぶ古い街並みのそこかしこに、オレンジ色の花が、小さな火のように燃えていた。

だから、四月の散歩は危険だ。ナガミヒナゲシがどうしても目についてしまう。すると、抜かずにいられない。散歩は、いつの間にかナガミヒナゲシ退治に変わってしまう。ゴミ袋いっぱい抜いたこともあった。

そのナガミヒナゲシが、川岸の花畑一面に咲き誇っていたのだ。きれいな花だと思って、だれかが植えたのだろう。それがこの花の戦略だ。このままにしていると、またここから町に広がってしまう。そう思ったが、他人が丹精している花壇だ、無断で抜くわけにはいかない。

以前、個人の家の花壇に、ナガミヒナゲシが乱舞するほど咲き誇っていたので、説明して駆除をお願いしたことがあった。しかし、「よけいなお世話だ」と大声で怒鳴られた。

庭の主が判明したとしても、言ってわかってもらえるだろうか、と不安になる。とはいえ、その主がわからない。

奥に行くと、川岸にへばりついたような小さな家が何軒かあった。一軒ずつ声をかけてみたが、どこも返事がない。一体、花園の主はだれなのか。仕方なしに、また来ることにして、その日は引き返した。

花園の女主人

それから、思わぬ日数が経ってしまった。五月の終わり、町からナガミヒナゲシのオレンジ色が消え、ヒュンヒュンと伸びた茎の先に、長い実がついて草むらから頭を出している。それがまた大量の種を撒くのかと思うと、憎たらしくさえ思えてくる。いまのうちに駆除しないと、大変なことになる。川沿いのあの花畑が気になった。

「ねぇ、散歩に行こう。あの川岸の花園。きっともう実になってるよ、ナガミヒナゲシ」

「そうだね。いま行かないと」

ナガミヒナゲシの説明をした紙をコピーし、二人して出かけた。

案の定、花はすでにたくさんの実をつけていたが、まだ青い。ぎりぎりセーフだ。もしかしたら、また「よけいなお世話だ」と怒鳴られるかもしれない。

「ノックしてよ」

「きみが来ようって言ったんだよ。きみがノックしなよ」

夫はつれない。震える心を抑えながら、思いきってノックをする。一軒目は返事がなかった。二軒目の玄関の扉を叩いたが、やはり返事がない。半分ほっとして立ち去ろうとしたとき、中から「はーい」と甲高い声がして、緊張した。

出てきたのは、小さなおばあさんだった。

「こんにちは。実は、そこに、ナガミヒナゲシっていう外来植物が生えているんです」

「え？　ナガミ……？」

「ナガミヒナゲシ。長い実のヒナゲシっていう意味です。できれば駆除させてもらいたいと思って来たんですが、この川岸の花壇は、どなたのものなんでしょうか」

「だれのものっていうわけやないけど、うちが世話してるんや」

「そうなんですか！」

写真入りのコピーを見せて、ナガミヒナゲシの解説をした。

「ああ、このオレンジ色の花！　こないだまで、いっぱい咲いてたわ」

「繁殖力のとても強い外来植物で、これが生えると、他の草が生えなくなってしまうこともあるんです。もう種になっているから、早く駆除しないと」

「うち、全然知らんかった。どれがそうなん？」

おばあさんはそう言って、サンダルをつっかけて出てきた。

「これです。この青くて長い実のついたの」

「まあ、これが！　ちぃとも知らんかった」

「あの、駆除してもいいでしょうか。よかったら、わたしたちが抜きますが」

「それは助かるわ。お願いするわ」

素直にそう言ってくれたので、ほっとして、夫と二人で張りきって抜きはじめた。今日は最初からその気だから、雑草抜きのナイフも軍手も用意している。

「悪いわねぇ。うち、ぜんぜん知らんで。いくつになってもモノを知らんで、ごめんなぁ。この花、いつのまにか咲いてたんよ。きれいやから、抜かないでおったら、あっという間にこんなに増えて。確かにずいぶん増えるよね。教えてくれてありがとうねぇ」

わたしたちが抜いている間、おばあさんはそんなことを言いつづけ、自分でも何本か引き抜いてくれた。

「いいところですねぇ、ここ。秘密の花園みたい」

そう言うと、おばあさんの表情がにわかに険しくなり、声色が変わった。

「みんな、そんなん言うけど、そないなことないんよ。大変なんよ。いろいろあって、ここまでするには、ほんとうに苦労したんやから」

いくらか怒気を孕(はら)んでいる。わたしは、あわててこう返した。

「そうでしょうねぇ。ここまでするにはよっぽど手がかかったでしょう？」

「そうなんよ。うち、一人でここの世話をしてるんやけどね、こないだなんか、しゃがんで草刈りしてたら、後ろから自転車に乗ったお兄ちゃんが『どけどけ』って言わんばかりにチリチリ、ベル鳴らして、すごい勢いで走り抜けたん。あわてて避(よ)けたら、転(こ)けそうになってな。恐いなぁ、危ないなぁ、思うてたら、また戻ってくるん。そやから、うち、『ちょっとお兄さん、どこの人や？』て、声かけたら、喧嘩腰で『なんでやねん。ここは、おまえの土地か、おばはん』って。そりゃあ、ここはだれの土地でもないんよ。河川地（かせんち）やから」

川岸の土地のことを、おばあさんは「河川地」と呼んだ。本来なら堤防敷の一部で、公共の土地なのだろう。

「でもね、うちがずうっと面倒見てきたの。みんなが歩きやすいように、女だてらにセンメンも塗ったの。あの入口から向こうまで、センメン買（こ）うてきて一人で塗ったんよ」

センメンというのはセメントのことのようだ。だからこんなにぐねぐね波打ち、ヒビも入っているのだと合点した。入口から橋まで、百五十メートルはある、そのすべてが舗装路になっている。

「すごいですねぇ、一人でセメント舗装するなんて！」

お世辞でもなんでもなく、心の底から感嘆の声が出た。

「センメンは重いからね。ホームセンターで一袋ずつ買（こ）うては運んできて、塗ってね。あっちの橋のところまでずっとね。全部自腹やで」

道は川に沿ってゆるやかに曲がり、先が見えない。橋はこの先だ。

「それはそれはご苦労さま。お花も植えてあって、歩いていてうれしいです。川の土手なんて、どこも雑草だらけなのに、ここはほんとうに秘密の花園みたい」

「そう言うてもらえたら、うれしいわ。うちがここに住みはじめたときには、それこそ草だらけでねぇ、蛇やら蛙やら出て、家まで歩くのも大変やったん。それを、少しずつ少しずつきれいにしてきたんよ。

でもね、そのお兄ちゃんは『勝手に使てるくせに、偉そうにしよって』って言うんよ。うち、悔しゅうてねぇ、カッとなって『気に入らんなら、民事でもなにでも訴えてや』って言うてやったん。ほしたら『じゃ、そうするわ』っていきなり携帯出さはってね、『警察呼ぶわ』って。『なに言うてんねん』って思わず立ちあがったら、写真撮られてたんやね。電話で写真が撮れるなんて、うち、よう知らんから『なにしてるんやろ』と思うたわ。そんとき、うちが鎌持ってる写真、警察に送ってたんやね。

じきにサイレン鳴らして警察が来たの。道のあっち側とこっち側から、挟みうちにするみたいに合わせて二十五人くらいもわらわらやってくるんよ。先が、こう二股に分かれた長ぁい棒持ってな、遠巻きにして『鎌を捨てなさーい』ってメガホンで言うてくるん」

二股の棒とは、きっと犯人逮捕のための刺股（さすまた）のことだろう。

「ほんまに、うちがなにしたっていうの。別に鎌振りまわして暴れているわけやないのに。大変なことになってしもて」

「あら、大変」

「ちょうど一ヶ月前、四月の二十六日の日曜日のことよ。忘れもせん、記念日や」

おばあさんは正確な日にちまで教えてくれた。気の毒な話だが、彼女が、鎌を手に警官たちに囲まれているところを想像すると、笑いたくなった。

「鎌を手から放したら、警察の人が近くまで来てね、『鎌振りあげて暴れてるおばあさんがいる、って通報があった』って。そんなん全然してへんのにね。パトカーに押しこまれて、警察まで連れていかれて、反省文書かされたわ」

「え、なんにも悪いことしてないのに？」

「そや。証拠写真がある言うて。『ほな、見せてや』言うても、見せてくれへんの。で、反省文書け書け言うん。それも、警察の人がうちに聞きながら、ぜーんぶ勝手に作文するんやで。できあがったら読みあげて『これで間違いありませんね』って。『間違いないなら、サインして判子を押してください』って。

でも、うち、納得いかん。だって警察の人の作文やもん。『家に持って帰ってよく読んで考えます。一週間したらお返事します』って言うたら、『サインしないと帰れませんよ』って脅かすんよ。もう疲れてしもて、『ほんなら、うちをブタ箱に放りこんでください』って言うたん。『ちぃとも悪いことしてへんのに殺人犯にされてしもた人の話、テレビで見たけど、うちも同じやね』って、しばらく強情張ってたんや。そやけど、夜も更けてきて、とうとう根負けして『わかりました。サインします。でも判子はありません』言うたら、拇印押さされてな」

「拇印？　なにそれ！　ひどすぎる！」

「通報したお兄ちゃんの名前と連絡先教えてください、って頼んでも、『個人情報やから』言うて、絶対教えてくれへん。腹立つわぁ」

聞いているわたしまで、むかついてきた。

「ほんでまぁ、やっと帰してもろたんやけどね。そんなわけで、ここらじゃ、鎌持って暴れたおばあさんいうて、有名人よ」

　おばあさんがお茶目な表情で笑ったので、わたしも思わずつられて笑ってしまった。すると、おばあさんは、まじめな顔でこう言ったのだ。

「確かに、ここは河川地で登記もできないところやけど、うちの父さんや叔父さんが、ずっと世話してきたところなん。この松もね、父さんが植えた松。いまじゃみんな死んでしもて、ここには、うち一人しかおらんけどな」

「お一人なんですか」

「うん、一人。息子は三人おるけど、みんな独立して、ここにはうちだけ」

「そうですか。それじゃあ、心細いですね」

「そやねん。そやから、気も強うなるわ。でもな、ここを通る人に少しでも楽しんでもらいたくて、花を植えてるんよ」

「そうだったんですか。だからこんなにたくさんのお花が。いまが一番きれいな季節ですねぇ。まるで楽園みたい」

「だけどねぇ、ここ、奥まってるやろ。そやから、みんな平気でゴミを捨てていくん。ウンチもしていくん」

「犬のウンチ？」

「人間も」

「え、人間が？」

「道から奥まってて見えないからって、していくんやろうね。ほんでね、うち、入口に看板を立てたん。ごみ捨て禁止、って」

ああ、あの拙い文字は、このおばあさんが書いたものだったのだ。

「うちねぇ、学校に行かなかったから、読み書きができなかったん。そやから、子育て終わってから、夜間中学に行っててね、ほんで字、覚えたん」

「もしかしたら、春日中学の夜間学級？」

「そうそう、そこや。なつかしいなぁ」

「偶然だなぁ。そこなら、昔一度取材して新聞に書いたことがあります！」

「新聞記者さん？」

「いいえ、作家なんです。小説書いたり絵本作ったり。二週間に一度、新聞にもエッセイを書かせてもらっているんです」

「あら、そうなん。夜間中学のことって、どんな記事やろ」

「こんど、コピーして持ってきます！」

「それは楽しみやわ。うち、夜間中学には十二年、通うたわ。そやから、看板も書けるようになったんよ」

切ない。帰りに、もう一度よく見ようと思った。

のっぽの叔父さん

「うちね、在日二世やねん。両親は朝鮮から来た一世なんや」

おばあさんが、自分からいきなりそんなことを切りだしたので、わたしはびっくりしてその顔を見た。初対面なのに、そんなことをあけすけに語るなんて、どうしたことだろう。不思議だった。わたしがぽかんとしていると、おばあさんは突然、堰を切ったように自分語りを始めた。

「父さんはね、朝鮮から広島に来てたん。『来たくもないのに連れてこられた』って、いつもぼやいてたから、きっと徴用工で強制連行されたんやね。最初はトンネル掘って、鉄工所や炭鉱にいたこともあるって言うてたわ。親類の男の人らは、みんな日本に引っぱられて、女子（おんなこ）どもが国に残されたんやて。母さんは、朝鮮で父さんの親といっしょに子どもを育てていたんよ。男の子やったんやて。ところが、その子が二歳ぐらいで麻疹（はしか）で死んでしもてね。母さんは、『跡継ぎ産むために、日本に行きなさい』って言われて、こっちに来たん。父さんに、お腹に子種を入れてもらうためにね。ほんで、兄さんが生まれて、それからうちが生まれたん」

「広島生まれなんですか？」

「そう」

「何年生まれ？」

「昭和十四年。広島の町の思い出いうたら、だれかの背中に背負われて、サイレンが鳴っている中、逃げ惑ったことばっかりや」

太平洋戦争の開戦が昭和十六年。しかし、昭和十二年には、「支那事変」と呼ばれた日中戦争がすでに始まっていた。

「えっ。それじゃ、原爆は？」

「それがね、原爆が落ちるちょっと前に、うちら奈良に疎開したんよ」

「そうでしたか。命拾いしましたね」

「そやねん。広島にいたら、きっと死んでしもたやろうなぁ。生きてても、原爆症に苦しんだかもしれん。疎開できたんは、母さんとのっぽの叔父さんのおかげや。叔父さんは、父さんの年の離れた弟でな、父さんが日本に来てからもしばらくは、朝鮮で親と一緒に暮らしてた。うちの母さんも、そこで一緒に暮らしてたやんか。そやから、母さんのこと、実の姉みたいに慕ってくれてたんや。叔父さんは、奈良に出稼ぎに来てて、うちらのこと心配して、呼んでくれたんやて。その頃、父さんは広島の山ん中で炭焼きしてたんや」

「え？　工場で働いていたって、さっき……」

「仕事があんまりキツイから逃げたんやて、父さん、言うてたわ。疎開するすぐ前は、ひどい山ん中におってね、ろくに食べもんもない。母さん、いつもいつも泣いてた。泣いてる顔しか覚えてないわ。ほいで母さん、朝鮮から奈良に来ていたのっぽの叔父さんに手紙を書いたんやて。助けてほしいって。そしたら、あの時分なのに、のっぽの叔父さん、奈良からわざわざ広島まで迎えに来てくれはったって。そんなんで、一家で疎開や」

「へえ。お母さんとのっぽの叔父さんのお陰ですね」

「そやねん。そやけど、疎開したのは、ここやなくて、田原の山ん中やったわ。ほんまにひどい田舎でね、なんにもないところにオンボロ小屋が一軒あるだけ。お布団の中まで蛇が入ってくるようなところやったから、うち、いまでも蛇は大っ嫌い。でも、そのお陰で、こうして生きているんやわ」

「よかったですねぇ。九死に一生ですね」

「ほんま、運がよかった。うち、大自然に守られてるんや。命はあったけどな、ずいぶん苦労したわ」

「でしょうねぇ。戦後は大変だったたって、わたしも父から聞きました」

父は昭和三年生まれ。市ヶ谷の家は空襲で丸焼けになり、父の父親は結核で病死。兄はスマトラで戦死。十七歳の少年の肩に、結核で療養中の妹二人と残された母親の暮らしが、ずっしりとのしかかってきた。その苦労話を、わたしは聞いていた。

「戦争が終わったんで、一家で山を出てここに来たん。ここにはのっぽの叔父さんが住んどったんよ。朝鮮人部落でね、周りはみんな、知り合いか縁のある人やった。うちはここから、小学校に通いだしたんや」

「どこの小学校？」

おばあさんは、駅に近い、街中の小学校の名を挙げた。すぐ向かいには江戸時代から続く墨造りの家もある、由緒ある土地柄だ。

「いいところに行きましたね」

「でも、すぐ行かなくなってしもたん。朝鮮人は国へ帰れ、ってずいぶんいじめられて。ほんで行けなくなってしもたんよ」

「あら、かわいそうに」

あのあたりは旧家も多い。彼女は異質な存在だったのだろう。子どもは残酷だ。親が差別の目を向ければ、そのまま真似るし、自分たちと少しでも毛色が違えば、からかっていじめの対象にしてしまう。

「うち、家は貧しかったし、どっちみち学校に行く余裕もなかったんや。子どもながらに、ずっと母さんの内職の手伝いしてたからね。あの頃、ここらは朝鮮人部落でねぇ。川の向こう岸にも朝鮮人が住んでおってな、豚、飼うてたわ。豚を屠った日は、この川が血でまっ赤に染まった。父さんはね、川を渡って行き来できるようにって、自分で橋を架けたんよ。その橋、七年前に大雨で流れてしもたけどな」

「ああ、前の橋、お父さんが架けた橋だったんですね。渡ったことあります。手すりのない小さな橋でしょ」

よく覚えている。街中なのに、まるで山の渓流に渡された丸木橋のようで、おっかなびっくり渡った。

「そやねん。古い電信柱を何本も渡して、その上に鉄板敷いて、センメン塗ってね。流されてしまうまで七十年も、ここらの人が毎日便利に使てたんやで」

「そんなに長い間、架かってたんですね、あの橋」

「そや。うちが子どもの頃はな、ここらの人は、みんなドブ作ってたんや。夜になると、橋渡って集まってきてなぁ、飲んで騒ぐんよ」

「ドブって、ドブロク、ですか？」

「そや。あの頃やから、密造酒やな」

「楽しいですね。毎晩お祭りみたいで」

「ふん、ちぃとも楽しくなんかないわ。うちは嫌いやった」

おばあさんは、吐きだすように言った。

「酒飲みばっかり、あっちからもこっちからも集まってきて。父さんは、元はまじめでよく働く人やったんやけど、うちのすぐ下の弟が、かわいい盛りに病気で死んでしもてね。それから、人が変わってしもた。浴びるようにお酒飲んで、賭け事もするようになって。学校から帰ってきて『あ、道で人が死んでる』って思うたら、父さんなん。ぷーんとお酒の匂いがするねん。うち、恥ずかしゅうて声もかけられんでな、知らんぷりして歩いたわ。そんなんで、ひどい貧乏暮らしになってしもたんよ」

そうこうしているうちに、ナガミヒナゲシをすっかり抜くことができた。

「ものすごく強い草なんです。青い実の種からも芽が出ます。このまま土に置いておくと、来年また生えてしまいます。ゴミ袋に入れて、捨ててくださいね」

そう念を押すと、おばあさんがすぐにゴミ袋を持ってきてくれたので、抜いた草を詰めこんで、めでたく駆除が完了した。

夕暮れが迫ってきた。すっかり暗くなる前に、念のため、もう少し先まで確認しようと、川岸の小道をさかのぼった。おばあさんの家の先にも、数軒、川岸にへばりつくように家があり、ひび割れたコンクリートの小道が続いていた。目についたナガミヒナゲシを抜きながら歩くと、その先に橋があった。昔知っていたあの、手すりのない架設の橋ではない。手すりもついた立派な新しい橋だ。

後ろからひょこひょこ付いてきたおばあさんが言った。

「流された橋の代わりに、市長さんが架けてくれたんや」

「ああ、ここのことだったんですか。そのニュース、新聞で読みました。市長さんもいいことするなって、感心したのを覚えています」

「とはいうてもな、すぐには架けてはもらえなかったんよ。何度も市長さんに手紙書いてね。ほんでやっと、架けてもらえたん。夜間中学で字を習ったから、この橋も架けてもらえたんよ」

おばあさんは誇らしげだった。まるで、小さな子どもが自分の手柄を語るような素直さが好ましかった。

「そうだったんですか。それはすごいな。勉強した甲斐がありましたね。それにしても、七年前、橋が流されるなんて、大変な大雨でしたね」

「あんときは、みるみる水が膨れて、土手ギリギリまで来て、ほんまに恐かったわ。橋も、あっという間に流されてしもた。いつ水が溢れて、うちまでくるかと思うと恐くて、ずぶ濡れで避難所の小学校まで逃げたん。ほしたら、だれもおらんで、濡れたまま二時間、外で待たされたんやで」

「ええっ、それはお気の毒な。もし、またそんなことがあったら、わたしのところに避難しにきてください。交番の向かいに、事務所を持っているんです」

わたしはそう言って、名刺を渡した。

「寮美千子といいます。そのときは電話してくださいね。車はないけど、歩きで迎えにきますよ」

「そんなやさしいこと言わはったら、うち、甘えてしまうよ。ええのん？」

「もちろんです。困ったときは、お互いさまじゃないですか。遠慮しないで来てくださいね。お名前は？」

「うち、岸辺夏子いうん。ほんまは『秋子』いうんやけど、離婚してから『夏子』にしたん。枯葉が舞って寒くなる秋より、お日さまギラギラの真夏の方が、元気がよくてええやろ。心機一転のつもりで、自分でつけたん。みんな、なっちゃんて呼んでくれるわ。ほんまに今日は、ありがとね」

空はもう暗くなっていた。まだまだ話したいことがいっぱいありそうななっちゃんに、「また来ますね」と言って、そこを去った。

帰りがけのくらがりの中、白いペンキが風化してひび割れている看板の文字を見た。あ、これが勉強して覚えた字なのだと思うと、よけいに胸に迫った。よく見ると、看板の軸にも文字が書かれていた。

「犬の排便と心はすてないでね」

なっちゃんが一生懸命自分で考え、書いた言葉だ。ほんとうに、口先だけではなく、また来よう、と思った。

夢の島

夢の国行き夜行列車

なっちゃんに話した毎日新聞奈良版の連載はいまも続いていて、すでに二百回を超えている。わたしは、古い資料をひっくり返し、なっちゃんに約束した夜間中学の記事を探した。記事は二〇一一年のもので、こう始まっていた。

「『その本なら、夜間中学でテキストに使ってはりますわ』という話を耳にした。わたしが編集した本が、そんなお役にたっているのかとうれしく思い、さっそく春日中学の夜間学級におじゃましてみた。そこには、知らない世界が広がっていた」

その本、とは『空が青いから白をえらんだのです　奈良少年刑務所詩集』だ。そんな経緯があったことをすっかり忘れていたので、箱の底にしまったまま忘れていた宝物をふいに見つけたようなうれしい気持ちになった。

夜間中学には、在日二世、帰国した中国残留孤児、生活苦で小学校も行けなかった人など、重い歴史を背負ってきた人々が集っていた。読み書き計算や理科・社会などの学科を学ぶが、むしろサロンとしての性格が強いように感じた。そこが、彼らの「居場所」になっている。だから、読み書き計算が一通りできるようになっても、彼らは通い続ける。同じ立場の仲間たちとの交流の場を求めて。なっちゃんも、そこに十二年間在籍したと言っていた。

一週間後、最新の連載もコピーして、なっちゃんの家に向かった。夕暮れというにはまだ明るい時間、なっちゃんの家の扉を叩いた。

「こんにちは。寮美千子です。こんにちは」

そう声をかけると、玄関脇の窓が開いてなっちゃんが顔を見せた。わたしを見て、一瞬ハッと驚いた顔になり、それがみるみるほころびて大輪の花のような笑顔に変わった。

「まあまあまあ。来てくれたん」

「約束の新聞のコピー、持ってきました」

「待ってて、すぐ行くから」

玄関から現われたなっちゃんは、手にオロナミンCの瓶を持っていた。

「これ、飲んでや」

ぶっきらぼうにその手を差しだす。精一杯の歓迎の気持ちなのだろう。うれしかったが、生憎、わたしはその手の栄養ドリンクが大の苦手だ。申し訳ないと思いながら「大丈夫。飲み物、持ってきたから」とやんわりと断った。「そう?」となっちゃんはちょっとつまらなそうな顔をして、瓶を引っこめた。在日だから敬遠された、と思われないといいなと思った。なっちゃんは、わたしをベンチに誘った。家の脇、川に面したベンチだ。

英国風の庭園には、なっちゃんが丹精した花たちが無造作に咲いている。

「あの蔓草のアーチ、すてきですねぇ」

「よう見てや。あれ、使わなくなった物干し台やで。息子たちが独立して、もう洗濯物も減ったしな、なんかいたずらしてやろ、思うてな」

いたずらっ子のような目をして笑う。実に見事な廃品利用だ。蔓草がびっしりと絡まり、言われなければ物干し台とはわからない。春の花は、そろそろ終わりだ。花壇の向こうののり面と川原は自然のままで、草が旺盛に生い茂っている。この花壇だって、なっちゃんが手を入れなければ、早晩、あの草たちに呑みこまれてしまうだろう。

「よく来てくれたねぇ」

「なっちゃん、これ、約束した記事」

記事には、夜間中学の教師とそれを囲む生徒たちの写真が掲載されている。若き教師は、倍ほどの年齢のおばさまたちに囲まれて、先生というより、まるで彼女たちのアイドルといった風情だ。なっちゃんは、老眼鏡を掛けて、しげしげと写真を眺めた。

「ああ、これはきっと新しい先生やねぇ。うちの頃の先生は、このときは、もうおらんかったわ。うちがおったんは二〇〇四年までやからなぁ。子育てが終わった五十四の年から十二年間、通ったんよ。あそこに行くまで、字を書くことも読むこともできなかったん。そりゃあ、ひらがなぐらいは読めたで。でも漢字がわからん。『父』と『母』と自分の名前くらいは読み書きできるけれど、後はさっぱりや。そやから、新聞も、漢字を抜かして飛び飛びに読んで、当てずっぽうで『こんなこと書いてあるんかな』って思うてたわ」

そういえば、子どもの頃、わたしもそんなふうに新聞や本を読んでいた。指で一つ一つ文字を追いながら声に出し、読めない漢字を抜かして読んだ。その頃の感覚が、まざまざと甦（よみがえ）ってきた。大人にはわかることが、子どものわたしにはわからない。もどかしくも心許（こころもと）ないそんな気持ちを、この人はきっと、五十四の歳になるまで抱えつづけたのだと思うと、胸が痛んだ。

「小さいときはね、いじめられて学校に行けなくて。家が貧しかったから、ずっと内職を手伝ってたんよ。そやから勉強する暇もなくてね、そのままお嫁に行ったん。ほんまはうち、日本人で好きな人おったんやけど、父さんがね『どうしても同じ朝鮮人と結婚せぃ』言うから、逆らえなかったんよ」

「そうなんだ。それはつらかったねぇ」

「父さんが連れてきたのは名古屋の人。男前やったでぇ。この人なら間違いないからって、父さんに太鼓判押されて、しょうことなしに名古屋に嫁いだの。だんなのところは小さな家でねえ。狭いところにお義母（かあ）さんとうちら夫婦と、妹二人に弟もいて、ぎゅうぎゅう押し合いへし合いで暮らしていたんよ」

「お父さんは？」

「おらんの。母子家庭や。そやけど、一人減り、二人減り、気がついたら、うち一人になっとった」

「え、どういうこと？」

「うちのだんながな、はなっから飲む打つ買うで、えらい借金したみたいでなぁ、借金取りが押し寄せてくるん。ほいで、一人いなくなり、二人いなくなり、とうとうち一人になってしもたんよ」

「一人って、だんなさんはどうしたの？」

「行方もわからん。はなっからろくに家に帰って来いへんし、お金も渡してくれへん。父さんの見込み違いやったんやねぇ。もう逃げて帰ろう、思うたら、そのときには、お腹に子どもが入ってたんよ。ハネムンベビや」

「ああ、ハネムーン・ベイビーね。そりゃ大変だ」

「お腹はぐんぐん大きくなるし、途方に暮れて実家に泣きついたら、父さん『女は一度敷居をまたいだら、二度と帰ってくるもんやない』って、取りあってくれへんの。考えたら、父さん、その頃、体もだいぶ弱ってたんやね、お酒の飲み過ぎで。結局、じきに五十一歳で死んでしもたんやけどね。

で、困り果てて、仲人をしてくれた人のところに相談にいったん。その人も韓国の人。韓国人仲間って、つながりが強いんや。だんなのお義母さんを探しだして、連絡してくれたん。お義母さん、一番下の女の子連れて、東京で暮らしてはった。で、名古屋まで迎えにきてくれたんよ」

「よかったねえ」

「うちも、そのときはそう思ったわ。東京に行けるって、ちょっとワクワクしたわ。東京には憧れてたからねぇ」

いまでいえば、パリやニューヨークに行くくらいの気分だろう。

「産み月も近づいてきて、大きなお腹を抱えてね、お義母さんに連れられて、夜行列車に乗ったん。あの頃やから、ずいぶん時間もかかったわ。やっと東京について、駅降りたけど、そこからバスに乗って、バス降りてからもずいぶん歩いて、たどりついたのは、海の近くの辺鄙なところよ。蠅がブンブン飛び回っているゴミ捨て場よ」

「え？」

「夢の国、いうとこや」

「それって、もしかして夢の島？」

「そやそや、夢の島や。町のゴミ、トラックで運んできてどんどん捨てるやろ。それが溜まって地面になってるん。そんな場所よ。そこにね、六畳一間の掘ったて小屋があって、お義母さんと一番下の妹のユイちゃんがおった。ユイちゃんは、まだ小学五年くらいやったな」

やっとの思いでたどりついた場所が、夢の島。夢は夢でも、悪夢でしかなかっただろう。荒涼とした風景が、瞼に浮かんだ。

青空お好み焼き屋さん

「電気は来てたけど、水道もない家よ。六畳一間に暗ぁい電球が一個ぶらさがってるだけ。燃料だけは、ゴミの中にいくらでもあるから、困らへん。拾ってきて、かまどで煮炊きしてね。そんな暮らしよ。十円くれる人もおらんかった」

十円くれる人もおらん……その言葉が、ずしりと胸に響いた。

「そやから、お義母さんといっしょに、乞食（こじき）したんよ」

「乞食？」

「ゴミの中から段ボールやら鉄くずやら漁って、それを売って暮らしてたん」

乞食と聞いて、脳裏に、幼い日の風景が浮かんだ。玄関先に、それこそ醤油で煮染めたような垢じみたボロを着た人が立っていた。両手を丸く重ねて振ると、小銭がジャラジャラと音を立てる。その人は、なにも言わずに、そうして突ったっているだけだ。母が小銭を渡すと、それを受け取り、ぴょこんと頭をさげて、黙って去っていった。それが「乞食」と、わたしたちが呼んでいた人だ。


それとは別に「くず屋さん」と呼ばれるおじさんもいた。この人の服もみすぼらしかったが、乞食とは違った。リヤカーを引いて、廃品回収にやってくる。主に古新聞古雑誌だ。竿秤（さおばかり）で、紐で結わえた古新聞の重さを量る。反対側の錘（おもり）の数を調整したり、竿を滑らせて錘の位置を調整するその仕草がおもしろくて、わたしはいつもじっと見つめていた。重さが決まると、それに見合ったちり紙と交換してくれる。灰色のちり紙かまっ白な化粧紙かのどちらかだ。灰色のちり紙には所々に新聞や雑誌のかけらが見えた。活字が見えるものすらあった。まっ白で向こうが透けるような化粧紙はうっすら安香水の匂いがして肌触りがよかったが、量が格段に少なかった。

くず屋さんは、玄関先で小銭をねだる乞食とは、明らかに一線を画していた。昭和三十年代の話だ。

「なっちゃん。それ、乞食じゃないよ。リサイクル業だってば」

「そんなハイカラな名前、あの頃はあらへんわ。ただの乞食よ。お腹が大きいのに、重いもん持ってたら、お腹が急にいがんでね、救急車で深川の病院に運ばれて、赤ん坊を産んだんよ。嫁いだのが二十三の春で、赤ん坊が生まれたんは二十四の春。昭和三十八年三月三日のことやった。お雛(ひな)さま生まれの男の子よ。女の子みたいに色白でかわいらしい赤ちゃんやった。それから一週間、入院してるときは天国やったけど、病院を出たらまた乞食暮らし。赤ん坊のオムツも洗わなならんから、毎晩、ドラム缶に三本、一生懸命、水を溜めてね」

「水道ないんだよね。水はどこから?」

「二百メートルくらい離れたところに工場があってね。チップの工場や」

「チップ？」

「材木から紙を作る工場やった。そこは、水をたくさん使うんや。いつもゴウゴウ音がしてるんやけど、夜の十二時になるとピタリと止まってしーんと静かになるんよ。工場の機械が止まるんやね。ほしたら、そこから水をもろたん。工場の水道の蛇口に、長ぁいホースをつないでつないでな、二百メートルはあったかなぁ。そこから水を引くん。そやから、いつも真夜中に洗濯したわ。お月さんの明かりで」

ゴミだらけの町で、月明かりに照らされて、もらい水で洗濯をしている若かったなっちゃんの姿が目に浮かんだ。

「洗濯した水はどこに流すの？」

「ドブも下水もないからねぇ、その辺に流すだけ。ゴミの間に染みこんでくの」

「ええーっ。それは、大変だったねぇ」

「それから、ドラム缶に三本、水を溜めるん。溜めそこなった日は、次の日一日、手も顔も洗えんし、ごはんも炊けへんから、パン囓（かじ）るしかなかった。乳飲み子抱えて、行くところもないさかい、そこでがんばるしかなかったんや。あの頃は、ただ泣くことしか知らない、なんにもできない小娘やったなぁ。毎晩毎晩、泣いてたわ」

「だんなさんは？」

「なしのつぶて。うちら親子のことなんか、ほったらかしよ。連絡もつかん。

そやけどな、ある日、ゴミの中から大きな鉄板を見つけたんよ。そのとき、これだって思うた。これでお好み焼きができるって。ヨイショ、ヨイショって持って帰って、台を組んで、練炭でお好みできるようにしたん。青空お好み焼き屋や。お義母さんはドブ作るのがうまくてね。ほんで、こっそりドブ作って、みんなに飲ませるようにしたん」

暗い話の中、まるで一条の光が射したようだった。その予感通り、一枚の鉄板は、なっちゃんの運命を変えた。

「夢の島には、建設の人や解体の人やらがゴミを捨てにくるからね。お腹もすいて、一杯やりたくなる。看板なんかいらんかった。おいしい匂いをさせてるだけで、いくらでもお客が来てくれた。若い女がお好み焼いてるって噂も広まって、常連客もついてね。ほんで少しずつお金も貯まっていった。

お客には大工さんや左官屋さんがおるやろ。ボロボロの家を見て、『きれいにしてやるわ』って。材料はいくらでもあった。ゴミの中から拾ってくるんよ。柱やら板やら拾ってて積んでおくと、みんながタダで大工仕事してくれた。仕事で余った材木やら漆喰やらも使ってくれた。水道屋さんもいたから、水道引いてもろて、メーターつけて。もう工場から水引かんでもようなって、うれしかったわぁ。ほんで、家もずいぶんきれいになって、とうとう、うちだけの部屋も建て増ししてくれたん」

「すごいね、なっちゃん。たくましい」

「そやから、名古屋で人に預けてたうちの嫁入り道具、こっちに運んでもろたん。お客に、トラックの運転手さんがいたから、大阪に行った帰りにね、安く運んでもろたんよ」

「いい話だなぁ。よかったねぇ」

「そうやって、家がきれいになった頃やったわ。突然、だんなが帰ってきたの」

「いいこと、続くね」

「よかないわ。爪をまっ赤に染めた女の人、連れてきたんよ」

「えっ！　そんなぁ」

にわかに暗雲立ちこめる。

「子どもは、もう二歳になってて、『この人が、あんたのお父さんやで』言うても、全然なつかへん。その女も、ずっと家におるしね。うちも子どもも、だんなから疎（うと）ましがられて、つらかったわ」

「だんなさん、ほんとは『おまえ一人でここまで育ててくれてありがとう』って言わなくちゃいけない立場なのにねぇ」

「そやろ。うちら、じゃまもん扱いや。その挙げ句、だんながその女と突然消えたの」

「はあ？　でも、かえって、よかったじゃない、そんなだんな、いないほうが」

「そんなことないんよ。うちらが貯めたお金、全部持ち逃げしてしもたんやから」

「ええーっ！　ちょっと待ってよ、ひどすぎる！　なっちゃん、お金、どうしてたの？」

「毎日、現金入ってくるやろ。うちは、それをみんなお義母さんにそっくり渡してたんよ。お義母さんは郵便貯金に入れて、ずいぶん貯まってたはず。そのお義母さんが『息子に通帳渡したら、みんな持ってかれてしまった』って泣き崩れたとき、うち、目の前がまっ暗になったわ」

　わたしも奈落に突き落とされたような気分になった。小鳥たちがひとしきり鳴いて、空がだんだん暮れていった。

「ほんでも生きていかなならんから、お義母さんと二人で、お好み、焼きつづけたわ。そやけど、お義母さんが『あんたの愛想が悪いから、息子が出ていってしもうた』って、毎日、うちを責めるんよ。冗談やないわ。爪の赤い女がいても、うちは文句一つ言わんと尽くしてたのに。いくらなんでも、ひどい。もうやってられない、子どもを連れて故郷に帰ろ、思うた」

天こがす炎

なっちゃんは、深く息を吸い、ゆっくり吐きだすと、こう続けた。

「ほんでな、『うち、もう、ここにはおれません。出ていきます』言うたら、お義母さん『出ていくなら、この嫁入り道具、みんな持ってってって』って言うん。帰った先に住むところもないのに、家具なんて持ちだせるはずないやろ。それを見越して、わざとそんなふうに言わはったんやね。うちが出ていかんようにって」

「いじわるだねぇ」

「そやろ。ほんでうち、ある日、とうとう堪忍袋の緒が切れて、一人で嫁入り道具をみんな家の外に引っ張りだしたんよ。そこらは野っ原でしょ。いくらでも土地あるでしょ。家もないのに、家財道具もヘチクレもないわ。野っ原に家具、積んでね、火ぃつけたん」

「え、火を……」

「そう。メラメラ燃えたあの火が、いまでも目に浮かぶわ。お義母さんや近所の人らが、『もったいない』って、箪笥の中からセーターやらなにやら、出そうとしたけど『やめといて！』って怒鳴って、だれも近寄らせせんかった」

声も出なかった。空では、夕焼けがまっ赤に燃えはじめていた。それが夢の島の大きな炎に思えた。子どもを背負って呆然と見つめる若いなっちゃん。服を取りだそうとして止められ、泣きながら膝をつくお義母さんの姿が、映画の一場面のように脳裏に浮かんだ。

「ほんで、うち、子ども背負って、おしめだけ抱えて、戻ってきたんよ、奈良に」

「どうやって戻ったの？　新幹線？」

「そんなもん、まだないわ。特急は高いから、夜行の普通列車や。日銭が入るから、ヘソクリして、汽車の切符買うてね。残ったお金は、五千円札一枚だけやった」

「字が読めないのに、よく帰れたね」

「口があれば、人が教えてくれるもん」

「そうかぁ。なっちゃん、大変だったねぇ」

「ほんま、苦労したわ」

なっちゃんは、大きなため息をついて、わたしを見た。光のせいか、目にうっすら、涙が溜まっているように見えた。

「年寄りの愚痴(ぐち)、聞いてくれてありがとうねぇ。うれしいわぁ。なんか、会ったばっかりの人に思えへんのよ。つい、いろいろ話してしもたなぁ」

「聞かせてくれて、ありがとう。もう暗くなるから、続きはまたこんど、聞かせてね」

「また、来てくれる？」

不安がる子どものような表情で聞いてきた。

「もちろんだよ」

そう言って、なっちゃんの花園を辞した。空では、夕焼けがますます赤く燃えていた。

そら豆の思い出

海老蔵先生

六月半ば、二週間ぶりになっちゃんを訪ねた。ご近所の竹垣屋さんのことを新聞連載に書いたので、コピーを持っていったのだ。なっちゃんもきっと知っている店だろう。

いつものように「こんにちは」と扉を叩くと、「はーい」と元気な声がして、なっちゃんがぴょこんと飛びだしてきた。なにやら顔が少し赤い。口の中でもぐもぐしている。

「あら、ごめんなさい、お食事中だった？」

「ええの、ええの」

「新しい記事が出たんで、コピー持ってきたんです」

「まあ、うれしいわぁ。うち、ファンになっちゃう」

なんだか妙に調子がいい。ほろ酔い加減らしい。

「なっちゃん、これ、後で読んでね。きょうは、渡しにきただけだから」

「そんなこと言わんで、上がって上がって」

強引に家に招き入れられた。安普請の家だが、床もきれいに磨かれ、掃除も行き届いている。玄関脇の部屋に通される。扉を叩くとなっちゃんがひょいと顔を出すあの部屋だ。テレビがあり、大きな戸棚があり、ベッドと低いテーブルがあった。

「きれいにしてるねぇ。うちよりよっぽどきれい」

テーブルの上には、食べかけのお寿司があった。回転寿司でおみやげに持ち帰るようなプラスチックの容器には、まだたっぷりと、お寿司が残っていた。

「ここに座ってや」となっちゃんは、ベッドに座布団を敷いた。なっちゃんが奥に座り、わたしも遠慮しながら隣に座る。ベッドの横には、「あいうえお」をローマ字で書いた手作りの一覧表が貼られていた。壁には広告の紙で作った色とりどりの蝶がずらりと飾られている。八羽掛ける五列で、四十羽もいて、それが部屋を華やかにしていた。

なっちゃんは、枕元にある棚からクリアファイルを取りだして、プレゼントした新しいコピーを大事そうにはさんだ。

「これな、みんなに見せてるん。初めて会うたのに、昔から知ってるみたいな気持ちになる人なんよって言うて」

「それは光栄。うれしいな。なっちゃん、きょうはどこへ行ってきたの？」

「不良の友だちが呼んでくれて、お好みの宴会に行ってきたとこなの」

お好みとは、お好み焼きのこと。なっちゃん言葉だ、とそのときは思ったけれど、関西ではそう呼ぶらしい。なっちゃん、そこで少し聞こし召したようだ。だから顔が赤いのだと合点した。

わたしはほっとした。老人の独り暮らし、さびしくはないだろうかと案じていたけれど、心配無用だった。なっちゃんには友だちがたくさんいるようだ。

「酔っ払ったんで『一足先に帰るわ』って言うたら、社長の奥さん、車で送ってくれはって、そこの回転寿司で、おみやげまで買うてくれたん。食べへん？」

「あ、ごめん、お寿司はちょっと苦手で。遠慮しないで食べて」

「そう」となっちゃんは少し残念そうだった。こないだのオロナミンCに次いで悪いことをしたと思ったが、実はお寿司も苦手だから仕方ない。ごめんね、なっちゃん。

「あんな、友だちがな、『なっちゃんがおると楽しい』って呼んでくれるん。いっつも友だちのおごりよ」

「それは、うらやましいな。なっちゃん、人気者なのね」

「そや、結構人気があるんよ」とちょっと照れるところがかわいい。

「うちな、そこの老健に、リハビリに行ってるんやけどね」

「どこか悪いの？」

「おとどしの七月二十五日」となっちゃんは明確に日にちを言った。「交通事故、起こしてな。バイクに乗ってて、いつもの慣れた道やと思うて、油断したんやね。情けない自損事故や。ここも、ここも折れて、二十八日には、市立病院で八時間の大手術したん」

　右腕と右足を見せてくれた。大きな傷跡があった。

「手術して、金属とボルト入れたん。もう歩けなくなるかもって言われたけど、うち、がんばってね。ほんでここまでようなったん。手術した先生、『その歳で奇跡だ』って」

「すごいねぇ、なっちゃん。タフだねぇ」

「去年の十二月二十七日に、市立病院の世話になった先生の手を離れたんよ」

　また、明確な日にちが出てきた。その後なんど繰り返し話しても、ぴったり同じだったから、正確な記憶なのだろう。五十四歳まで読み書きできなかったなっちゃんの、それが生き延びる術だったのかもしれない。

「でもまだ、リハビリに行ってるんへ、すぐそこの老健に。歌舞伎の市川海老蔵によう似た男前の先生がおってね、名前覚えられへんから、海老蔵先生、海老蔵先生って呼んでたら、みんなそう呼びだしてねぇ。ほしたら、先生『弱ったなぁ。蟹蔵ぐらいにしておいてください』って。なんで蟹ですか、って聞いたら『なっちゃん目当てで、みんなぼくの担当の日に来るから、もう忙しくて忙しくてかなわんわ。泡吹いて蟹蔵ですわ』って」

そう言って、カラカラ笑う。お酒を飲んで機嫌がよくなるのはなによりだ。

「でもまだね、ここの金属、手術して抜かなならんの。そやから、ときどき病院にも診察に行くねん。こないだな、久しぶりに行ったら、みんな、お葬式みたいに静かぁな顔して待ってるねん。で、名前呼ばれたから、うち、こうやって踊りながら『センセ、こないに元気になりました〜』って入っていったんよ」

そう言って、なっちゃんは両手を挙げ、自己流のふざけた踊りを踊ってみせた。

「ほしたらな、先生、大笑いしはって『ありがとうね』て。『なんでセンセがうちにありがとう言わはりますのん。ありがとう言わんならんのは、うちやないですか』言うたら、先生『岸辺さんが元気になってくれてうれしいんです。わたしら医者ができるのは、元気になるお手伝いだけです。患者さんが自分でがんばらないと、元気にはなりませんからね。岸辺さんは、ほんとうによくがんばりました』って。うち、ほんまにがんばったん。事故は自分の油断と不注意やけど、治ったんは自分のがんばりや」

なっちゃんは、誇らしげに胸を張った。

「たったいまでも、リハビリしてんねん。この手、いつもこうしてるやろ。五分も遊ばせへん」

そういえば、なっちゃんはいつもしゃべりながら、左手で右手をマッサージしている。

「ほんとうに、がんばり屋さんだねぇ、なっちゃんは。それに、おもしろがり屋さんだね」

「そやねん、おもしろがり屋やねん。なにやってもな、おもしろがれる性質やねん」

芸妓のなっちゃん

「昔な、大仏さんの前のおみやげ屋さんで働いていたとき、女将さんが『なっちゃん、来て来て。急いで来て』って。うち、お掃除の長靴履いたままドタドタ行ったら、部屋にあげられて、いきなり服脱がされて」

「ええ？」

「もうびっくりして『なにすんのっ！』って言うたら『約束した芸妓さんがお座敷に来んのよ。大切なお席やから、なっちゃん、お座敷に出てよ』って。そのお店、料理屋さんもやってはったんや。その日はな、大きな宴会があったんやけど、いくらなんでも芸妓さんの代わりやなんて『そんなん、無理です。うちなにもできまへん』って言うたら、女将さん『いいのいいの、なっちゃん流で。いつもみたいにぱあっと盛りあげてくれたら、それでいいから』って」

「まあ！」

「ほんでね、きれいな着物着せてもろて、髪結って、紅さしたら、まあ、鏡の中に知らん人がおったわ。きれいで、かわいくて、自分やないみたいや。背中押されてお座敷まで連れていかれたから、もう腹決めて襖を開けてね、『夏子です』って、三つ指突いて」

なっちゃんは、すました顔をしてお辞儀をしてみせた。

「お客さん、荒れてはったわ。『遅いぞー』『なにやってんだー』って。なんや立派な人ばっかりでなぁ。後で聞いたら、奈良のお坊さんやら宮司さんやら社長さんやったんやて。なんとかいう宮様が亡くならはって、その法要で、おえらいさんが集まってたん。『すみません。申し訳ありません』って愛想よくして謝って、ビール注ぎまわったら、『おお、夏子っていうのか。かわいいやっちゃなぁ。歌でも歌えや』って。困ったわぁ」

「そりゃそうだよね。芸妓さんじゃないのに」

「ほんで苦しまぎれに『都々逸でもよろしいですか』って言うてみたら、『おまえ、都々逸、知ってるんか』って。『はい』『そりゃあいい。やってみろ、やってみろ』ってわけで、都々逸、歌ってみせてね」

「なっちゃん、すごい。都々逸、歌えるんだ」

「夜の街で働いたこともあるから、都々逸の一つや二つ、覚えるわ」

「どんなの？　歌ってみせてよ」

「そんなぁ」となっちゃんは柄にもなく恥ずかしがった。

「いいじゃない。歌ってよ」

「そうか。ほな、一つだけやで」

なっちゃんは、姿勢を正して歌いだした。話すときと発声が違い、よく通るいい声だ。

「♪うさぎのお目々はなぜこう赤い　夕べは寝不足　愛不足」

「まあ、色っぽい。もうひとつ、どうぞ！」

「♪あたしの気持ちは藁葺き屋根よ　瓦ないのを見ておくれ〜」

「え？　あ、『瓦ない』って、『変わらない』との掛け詞か。洒落てるねぇ」

「あはは。後はもうビール飲んで、ぱーっと盛りあげて……」

「まあ、楽しそう」

「でしょう。ほんで、機嫌の悪かったおえらいさんたちが、みんな楽しそうにしてくれはってね。女将さん、大喜びや」

「なっちゃん、盛りあげ上手なんだね」

「そやそや。そやからな、いまでも、みんなが呼んでくれるの。飲み会があると」

なっちゃんのしあわせな人生が垣間見えて、わたしもうれしくなった。独り暮らしでも、孤独ではない。なっちゃんの人徳もあるだろうけれど、ここはきっと、そういう温かい町なのだろう。

けれども、なっちゃんは、その後も何度も何度も、この話をしてくれた。着物を着て紅をさしてお座敷に出た話を。もしかしたらそれが、なっちゃんの一番輝かしい記憶だったのかもしれない、と思うと、ちょっぴり切なくもなるのだ。

はじめての作文

「夜間中学に行ったとき、先生に苦労話をしたらね、『あなたの人生、ぜひ小説にお書きなさい』って言われたわ。それくらい、いろいろあったんよ。小説は無理やけど、ぼちぼち、学校の作文に書いてみたん」

「へえ」

「一番最初に書いたんは『そら豆の思い出』。クラスの文集に載せてもろたんよ。ほしたら、先生が『これはいい作文だから、人権の雑誌に載せさせてくれないか』って。で、そこにも載ったんよ」

「すごいなぁ。初めて書いた作文が、雑誌に載るなんて。文才あるんだね」

「あれは、励みになったなぁ。ほんで調子に乗って、毎年毎年、必ず、作文書いたわ」

「読みたいなぁ。ある？」

「そこにあるわ」

なっちゃんは、枕元にある小さな本棚を指した。学級文集がずらっと並んでいた。一番古い号にあるはずだというので探すと、一九九五年三月発行の号が見つかった。目次に赤丸がついていて、それがなっちゃんの作文だ。手描きの文字のまま掲載されていた。なっちゃん自身の文字だろう。決して上手とは言えないが、一生懸命書いた丁寧な字が、原稿用紙の升目に几帳面に並んでいた。漢字もたくさん使われている。漢字には、すべてに手書きのルビが振ってあった。

「すごい。初めて書いたのに、漢字ばっかりじゃない！」

「辞書を引き引き書いたんよ」

これだけの漢字、いちいち辞書を引くだけでも大変な労力だ。わたしは、その作文を目で追った。幼い頃のことが書かれていた。広島で生まれ、奈良の山中に疎開したこと。戦争が終わって町に出てきたこと。町の小学校でいじめられたことなど、なっちゃんがわたしに話してくれたことが、そのまま素直に描かれていた。さらに、わたしが聞いていない具体的なことまで書いてあった。

ある日先生が、朝鮮人の人たちの暮らしの違いを話します。ニンニクが好きで、なんでも辛い物をへいちゃらでまっ赤にして食べる。それがごちそうと思い進めてくれるのが口にあわず、困った事を話しましたから、その日から、大変な唄になって、私をいじめます。こんな唄です。

朝鮮朝鮮　バカスルナ
同じ飯食て　どこちがう
足の先が　チョイとちがう

そしてわたしに、石を投げるのです。

「石もて追われる」という慣用句があるが、単なる譬え(たと)だと思っていた。なっちゃんは、ほんとうに石を投げられて、小学校から追いだされてしまったのだ。

歌はきっと朝鮮風の発音を揶揄(やゆ)して、こんなふうに歌われたのだろう。

チョーセン　チョーセン　パカスルナ
オナシ　メシクテ　トコ　チガウ
アシノ　サキガ　チョイト　チガウ

朝鮮語を母語とする人にとっては、発音しにくい音がある。日本人には、舌足らずのようにも聞こえるその朝鮮風の発音を、わざと真似して、バカにした歌だ。

関東大震災のときには、こんなこともあった。震災直後の混乱のなか、「朝鮮人が火をつけ、暴動を起こしている」「井戸に毒を投げ入れた」「略奪している」というデマが広まり、自警団が出動した。しかし、だれが日本人でだれが朝鮮人か、姿形だけでは見分けがつかない。自警団は、通りがかりの人に「十五円五十銭」と言わせた。「じゅうごえんごじっせん」と言えれば通してもらえたが、「チュウコエン　コチッセン」と発音すると朝鮮人と見なされ、殴られ、殺されることすらあった。

ひどい目に遭ったのは、朝鮮人ばかりではなかった。なんと、香川県から関東に行商に来ていた日本人の一行まで「発音が違う。朝鮮人だ」と決めつけられ、子どもも含めて九人も惨殺されてしまったという無惨な事件も起きた。

なぜそこまでひどい差別をしたのか。ふだんから朝鮮人を差別し、人間扱いしてこなかったので「恨みを買っているから、復讐されるに違いない」と思いこんでいたのか。

震災時、虐殺された朝鮮人は六千人にも上ると言われる。

「チョーセン　チョセン　パカスルナ」という戯れ歌の背後には、そんな悲しい歴史があった。関東大震災から四半世紀も経っていたのに、なっちゃんは、まだこんな歌を歌われて、いじめられていたのだ。申し訳なく、いたたまれない気持ちになった。

小学校をやめたなっちゃんは、妹や弟を背負って、母親の内職を手伝った。毎日バケツ三杯ほどの乾燥そら豆を預かってきて、それを水に浸し、充分に水が浸みてやわらかくなったところで、台に固定された小さな刃物の先に豆の黒い合わせ目を押しつけ、十文字に切り込みを入れる、という作業をしたという。きっと「いかり豆」の下ごしらえだ。

後で調べてみると、確かにそうだった。そら豆を油でカラッと揚げて塩を振ったものを「いかり豆」と呼ぶ。切りこみを入れた皮が十文字に広がって、船の錨(いかり)の形に見えたことから、そう名づけられたそうだ。発祥地は奈良県。大和平野で、そら豆の栽培が盛んだったところから、奈良の特産品になったという。いまでも「フライビンズ」という名を掲げた会社があり、製造元もある。幼い少女の小さな手が、そんな特産品を支えた時代があったのだ。

なっちゃんの作文は、こう続いていた。

中には、水にいくら浸してもやわらかくならないそら豆がありました。バケツ一杯に一粒か二粒です。私は、それを取っておきました。手のひらいっぱいになったと

き、私はふらいぱんでいって食べました。
明くる日、豆の仕事を取りにいきますと、「朝鮮人は泥棒だから」と言って、仕事をくれません。だれかが告げ口をしたのです。母と私は何度も何度も謝って、やっとそら豆の仕事をもらいました。一円でも必要だったので、それからも一生懸命豆むきをしました。

それがなっちゃんの「そら豆の思い出」だった。なんと切ない。教室にあったそら豆を見て、急にそのことを思いだして書いた作文だという。五十を過ぎてそら豆を見て、そんなことを思いださずにいられないなっちゃんの心を思うと、胸が痛んだ。

それで思いだした。奈良に来て、初めて「地蔵盆」があった日のことだ。街中のお地蔵様に提灯が飾られ、供物が供えられ、人々がお詣りをする。普段は町に溶けこむようにひっそりと佇(たたず)んでいるお地蔵様だが、その日だけは華々しく光が当てられる。通行止めにして子どもたちが路上で輪投げ大会をしているところさえあった。お寺では子どもも大人も輪になって、お経を唱えながら、蜜柑ほどもある大珠の数珠を繰ってぐるぐると回していた。物珍しさに、わたしと夫は、いくつもの地蔵盆をハシゴした。物見遊山でお詣りするのを恐縮に思いながら行くと、必ず「ようお詣り」と町の人がやさしい声をかけてくれた。さらに、一袋のおみやげまで渡してくれて、その心の寛さに感激した。開けてみると、必ずいかり豆が入っていた。

なっちゃんをいじわるな歌で囃し、石を投げた子どもたちも、きっと地蔵盆にはいかり豆をもらったことだろう。それは、なっちゃんがその小さな手で、一つずつ下ごしらえしたいかり豆だったのかもしれない。

作文の最後のところを、わたしは声に出して読んだ。

ある人が「ブラジル人に店で働いてもらったら、大事な物を取られた」と話されていました。「日本人は、そんなすぐばれるような事はしない」と話されるのです。それを聞いて、私はなんだか心が切なくなりました。

小学校のとき、学校でなにかなくなると、すぐに国ちがいの私が疑われました。よその国に連れてこられ、働くところも少ない両親は、生きていくことに精一杯だったのに、朝鮮人が一人悪いことをすると、わたしたちもみんな悪者にされてしまいました。

いまの日本には世界から人が来ています。日本の人も世界に出ています。そんな人がみんな差別を受けたら悲しいことです。いまからでもおそくないと思います。差別のない、あたたかい目で見てくれる世の中になるよう願い、わたしもまた負けないで、勉強をがんばっていきたいです。

読み終わってなっちゃんを見ると、そっと涙を拭っていた。

「なっちゃん。大変だったねぇ」

「うん、苦労したよ。いまが、一番しあわせ」

「そう、よかった」

「あんなぁ、うちのこと、新聞に書かんといてな」

「えっ？」

「ここらに昔からいた人は、みんな引っ越して、残っておるのはうちだけやもん。みんなもう、うちのこと、朝鮮人って、知らん人ばっかりや。そやから、知られたくないんよ」

胸にグサリと、錆びたナイフを刺されたような気がした。

「うち、そこのリハビリに通ってるやろ。いつもいろんなおしゃべりしながらリハビリしてるんやけど、こないだ西洋の弓で家族を三人も殺した事件があったやろ」

「あったよねぇ。兵庫県の方だったよね。恐いね」

「ワイドショーで見たその話してたら、リハビリの先生が『ああ、あそこはこれが住んでるからねぇ』って、こうするん」

なっちゃんは、親指を折って指四本を立ててみせた。

「あ、それ……」

被差別部落の人のことを侮蔑して「四つ」という。指の形はその象徴だ。話には聞いていたけれど、初めて見る仕草だった。被差別部落では、牛や馬など四つ足を捌く屠畜業をしていたからとも、人間より劣る四つ足の獣のような存在だからともいう。許しがたいひどい差別だ。

「海老蔵先生やないで、別の先生や。海老蔵先生はいい人やから、そんなこと言わへん。でもな、いまでも、そんなこと言う人おるんよ。うちが在日二世だって知られたら、なに言われるか、恐ろしうて」

差別はまだ続いているのだと思い知らされ、暗澹（あんたん）たる気持ちになった。

船乗りの一郎さん

いざ大阪！

梅雨の晴れ間、空が気持ちよく晴れた。仕事を早めに切りあげて、わたしは赤い自転車にまたがった。少し離れたところに安売りのスーパーがある。一キロ入りの細切りチーズやスパイスの大袋もあるので、時々買いだしに出かける。

途中に、なっちゃんの家がある。通りがかりに、ちょっぴり顔を見たいと思った。それならなにかおみやげをと、家を出るときにクッキーやキャラメルを袋に詰合わせ、リボンを結んだ。

なっちゃんはわたしの顔を見ると、ぱっと笑顔になった。いつ来ても嫌な顔をされたことがない。人を拒まない開けっぴろげのなっちゃんは、会うだけでわたしを癒してくれる。この世界でわたしは一人じゃないと、実感させてくれる笑顔だ。

「あ、これ、渡しにきただけ。買い物があるから」と小さなおみやげを渡して、すぐに辞そうとしたが、「まあまあ、せっかく来たんやから」となっちゃんに引き留められた。

川岸のベンチに腰掛けて、持参したクッキーを食べながら、なっちゃんと話した。まるでピクニックだ。そのとき、わたしはうっかり「なっちゃん、夢の島で嫁入り道具の家具を焼きはらって戻ってきてから、どうなったの？」と口を滑らせてしまった。しまった、と思ったがもう遅い。そこからなっちゃんの一大絵巻が繰り広げられた。もう買い物どころではない。覚悟して、腰を据えて聞くことにした。

「実家に帰ったの。『嫁に行ったら二度と実家の敷居をまたぐな』って言うてた父さんも、もう亡くなってたから。母さんなら、きっと助けてくれると思うた」

「お母さん、一人でいたの？」

「ううん。兄さん夫婦と一緒に住んでた。兄さん夫婦には子どもがなかったから、連れて帰ったうちの子が、母さんの初孫よ。そりゃあ、かわいがってくれたわ。うちも、ちゃあんとごはん食べさせてもろて、初めてゆっくりして、初めて自分の子と遊んだん。それまで、子どもと遊ぶ暇もなかったからねぇ。あのときは、ほんまにほっとした。救われたわ」

「よかったねぇ」

「でもねぇ、その家にも、うちの居場所はなかったん。広い家やないし、子連れの出戻りは居づらいわ。半年くらいそこにおったかなぁ。母さんがうちによくしてくれればくれるだけ、兄さん夫婦には気兼ねでね。いつまでもお世話になるわけにもいかんから、子どもが母さんになつくのを見計らって、母さんに子ども預けて、一人で大阪に出て仕事を探すことにしたん。仕事見つけて働いて、お金貯めて、早く息子を引き取りたいと思うてね。

ちょうど、幼なじみの友子さんが『会いたいわ』って、大阪から手紙をくれはったから、その住所を訪ねていったん」

「なかよしの友だちがいたんだ」

「そやねん。うち、字も読めんし、紙に書いた住所を人に見せて、やっとの思いで友子さんのアパートを探し当てたん。大阪の京橋やったわ」

「大都会だね！」

「そうなん。うち、そんとき生まれて初めて、大阪に行ったんよ。大都会の裏路地の小さなアパートやった。ほしたら、いないのよ。もぬけの殻（から）」

「ええっ？」

「うち、もうどうしたらいいかわからんようになって、アパートの廊下にうずくまって、一人で泣いてたん。ほしたら、だれかがやってきた。叱られて追いだされると思うてビクッと縮こまったんやけど、頭の上から、思いがけずやさしい声が聞こえてきたん。『どうしたんや、そんなところで泣いて。なにがあったん？』って」

「だれだったの、その人？」

「アパートの大家さん。泣きながら事情を説明したら、『友子さんなら一昨日、新潟に引っ越したわ。お嫁に行くことになってな』って。大家さん、友子さんが引っ越した後の掃除に来はったんやね」

「一足違いで引っ越していたってこと？」

「そやねん。友子さん『会いたいわ』って手紙にあったの、そのせいやったんやな。お嫁に行ってもう会えなくなるから、手紙くれはったんやね、きっと」

「そうだったのかぁ……」

「どうしたらええかわからんで、もう川に飛びこむしかない思うて大泣きしたら、『そんなに泣かんでよろしいがな』って。ほんで、大家さんに聞かれるままに、いままでのことをありのままに話したら、ひどく気の毒がってくれてねぇ、友子さんのいた部屋に泊めてくれるって。その日だけやなくて、住んでもいいって。その上、仕事まで世話してくれるって言うん。

「ああ、よかった。家賃は、お給料が入ってからでいいって」

「親切な人で」と言いながらも、内心、心配だった。どこか悪所に売り飛ばされたりしないかと。

「最初はね、ふとんもないからオーバーコート引っ被って寝たわ。六畳一間、ガスの口一つに小さな流しがあるだけのトイレ共同の古いアパートよ。昼間は砥石の会社の雑用係。砥石の仕上げをしたり、できあがった砥石を紙に包んだり、みんなにお茶汲みしたり。

その仕事に慣れた頃、お金、少しでも貯めたくて、夜の仕事も始めたん。喫茶店のウェイトレス。でも、田舎者やろ。初めての大都会でオロオロして、コップ倒してお客さんにアイスコーヒーこぼしたりしてね。『きみみたいな田舎娘は、この店にふさわしくないっ』って怒鳴られたりしたわ。ほんでもね、いつかは子どもと暮らしたいって、一生懸命働いたん。

月に一度は、必ずお母さんのところに帰ったんよ。子どもに会いにね。もうそれだけが楽しみやった。ほしたらな……」

なっちゃんは、顔を曇らせた。

「なにがあったの？」

「兄さんがね、うちの子を養子に欲しいって。兄夫婦には、子どもが生まれなかったん。『必ず大学まで出してやるから』って約束してくれて。もちろん悩んだわ。そやけど、字も読めん、学もない、貧乏のどん底のこんな母親より、兄さんの息子として育った方がこの子のためかもしれん、って思うて、泣く泣く手放したん」

「そう。それは、つらかったねぇ」

「うん。いつか子どもと暮らすことを夢見てがんばってきたからね、心の糸が切れてしもたわ。でも、いままで通り、月に一度は息子に会いにいけるし、大家さんはやさしいし、仕事場のみんなに助けられて、なんとかがんばることができたん」

「いい人たちで、よかった」

悪い人ばかりではない。世の中には純粋に善意だけで動く庶民もいるのだ。

シネマみたいな大恋愛

「ほんま、みんなのおかげで助かった。それからずっと、砥石屋さんと喫茶店のかけもち。ウェイトレスの仕事にもだんだん慣れてきた頃ね、毎日、店に通ってくる常連さんがいたんよ。『あの人な、日本郵船に勤めてはるんやって。商船大学出のエリートさんやで』って、同僚が教えてくれた。『神戸に住んではるのに、わざわざ大阪までコーヒーを飲みにきてはる』って。

ほしたら、ある日、その人から話しかけられたん。『きみ、ずいぶん垢抜けたねぇ。入った頃は、おどおどしてドジばかりする田舎娘だったのに』って。

ほんで思いだした。店に入った頃、うちがコップ倒して怒鳴られたあの人や。うちも、その頃になると、白粉（おしろい）して紅（べに）も引くようになるし、仕事も覚えてテキパキできるようになってたしな。

それから、顔なじみになって、お店に来たら顔見て笑って迎えて、挨拶もして、ひと言ふた言話すようになったん。ほしたら、ある日突然、『ぼく、明日から船に乗るんです。半年ほど日本に戻ってこられません。あなたに、手紙を書いてもいいですか』って。びっくりしたわ」

「わお！　なっちゃんに、一目惚れしたんだ、その人。それで、お店に通ってたんだ」

「そうかもね」となっちゃんは、少女のようにはにかんだ。この人がその年齢だったら、どんなにかわいかっただろうか、と思わせる笑顔だった。

「で、手紙は来たの？」

「来た来た。いっぱい来た。段ボール一箱くらい来たわ、外国から」

「でも、なっちゃん、字が読めないんでしょう」

「そうなん。そやから、いっつも大家さんに読んでもろたわ。それもね『ぼくは』とか、書いてないんよ。『小生は、常に夏子さんのことを思っております…』とかね。しゃっちょこばった手紙。大家さん、『なっちゃん、えらい惚れられたもんやなぁ』って」

手紙に一生懸命耳を傾けるなっちゃんの顔が、目に浮かぶようだった。

「その人、岸辺一郎さんていうんやけど、船を下りたら、すぐに会いにきてくれたんよ。うれしくてね。仕事終わってから、いっしょに飲みにいって。そんなことが度重なって、好きあって、男女の仲になって、いっしょに住むようになったたん。うち、ほんましあわせやった」

「なっちゃんの青春だね」

「まあね。兄さんのところにやった子もすくすく大きくなって、もう母親とは名のれへんけど、月に一度は顔を見られるし、子どものそばには母さんがいてくれるから安心やし、家に戻ると一郎さんがいて、一郎さんが船に乗ると、何通も何通も手紙が来て、生活費も送ってくれて。ほんま、しあわせやった。世界一仲のいい二人やったわ。うち、それだけで充分やった」

「どんな手紙が来たの？」

「『おお、夏子よ！　きみのふくよかな胸が恋しい。きみはわたくしを支える大地、わたくしを包みこむ大自然！』みたいな手紙よ。ははは」と豪快な照れ笑いをしながら、なっちゃんは頬を赤らめた。やっぱりかわいい。

「大家さんが読むの聞きながら、顔がまっ赤になったわ。そんなわけやから、それがそのままずっと続けばいい、思うてた。籍入れんでも、夫婦ごっこしていられれば、しあわせって。そやけどね、一郎さんが、『結婚しよう』って言いだしたん。うちが二十七歳のときやった」

「よかったじゃない」

「ちぃともよかないわ。うち、バツ一でしょう。子どももおるでしょう。それに在日の二世。それまで、一郎さんにはそのこと、黙ってたん。でも、結婚いうたら、言わんわけにはいかんやろ」

「そりゃ、そうだねぇ」

「ほんで、覚悟してね、言うたんよ、全部」

「勇気が要ったね」

「うん。言うたらお終いになるかもしれない。そう思うてた」

「で、一郎さん、なんて？」

「一郎さん、『そんなこと、なんでもないよ。ぼくはなっちゃんが好きなんだ。なっちゃんが、なっちゃんでいてくれることがうれしいんだから』って。涙、出たわ」

わたしも涙が出そうになった。やっとなっちゃんに、本物のしあわせが訪れたのだ。

「ほんでね、旭川の一郎さんの実家に二人して挨拶に行ったん」

「そう」

「ほしたら、塩、撒かれたわ」

冷や水を浴びせられたような気持ちになった。

「『朝鮮人の嫁なんて、岸辺の家にふさわしくないっ。あんたみたいなのが、大学出のうちの息子の嫁になれると思ってるのか』って怒鳴られて」

「そんな……」

「うちがそんなふうに言われてんのに、一郎さんたら、ひどいんやわ。なんも言わへんで、ただ突ったたってるだけ。それ見て、うち、もうダメやって思うたわ。一郎さんとの仲もこれで終わりって。泣きながら飛びだして、一人で大阪まで帰ってきて、そのまま家出したん」

「えっ、家出?」

「身の回りのものだけ持って、行き先言わんで、姿をくらましたん」

「そんな。お勤めしていた喫茶店は?」

「喫茶店も会社もすっぱり辞めて、アパート探して独りで暮らしたん。強い女になろう思うて、未練断ち切って、出直した」

「大胆なことするねぇ、なっちゃんは。それじゃあ、暮らし、大変だったでしょう」

「なんとかなるねん。もう泣くことしか知らん小娘やないねん。その頃は、都会に出て何年も経って、たくましい女になっとったから、どないな仕事でもできた。ホステスになって、夜の仕事もしたわ」

しかし、なっちゃんの苗字は「岸辺」だ。その後、なにがあったんだろう。

迷子の夢

「でもな、一郎さん、八方手を尽くして、一年後にとうとううちを探しだして、会いにきてくれたん」

「一年後に！　すごい！」

アパートのドアを開けたとき、そこに一郎さんがいたときのなっちゃんのことを思った。どんなに驚いただろう。どんな言葉を交したのだろう。それとも、言葉もなく見つめあったのか。まるで、映画の一場面のようだ。

「一郎さん、なっちゃんのこと、ほんとうに好きだったんだね」

「そやねん。ほんま、うれしかった。そこまで思うてくれるんなら、一郎さんの気持ちは本物や、思うて、あの人のところに戻ったんや」

「よりを戻して、また二人で暮らしたんだ。よかったねぇ」

「そや、親が反対しているから、無理に籍は入れんかったけどな、二人だけの暮らしや。一郎さんは甲斐性があって、お金にも不自由しなかったわ。始めは調査室っていうところにおってね。一郎さんは、何カ国語もできるんよ。ほんでいろいろ調べて書類を作るん。ほしたらね、お給料の他に、一文字いくらってお手当もつく。そやから、高給取りやった。途中からは船勤務になったけど、それはそれで、また船勤務の手当がつくから、やっぱり高給取りや。半年は海の上で、離ればなれでさみしかったけれど、ちゃーんとお給料は送ってくれるし、手紙もくれる」

「うれしいね」

「でもね、うちは字が書けへんやろ。そやから、一度も返事を書いたことがないねん。船乗りは、家族からの手紙がなによりもの楽しみやっていうのに、一郎さん、自分だけ手紙が来なくて、どんなにさみしかったやろか。申し訳ないことしたわ」

なっちゃんは大きなため息をついて、悲しげに眉を寄せた。そして、小さな声で「ほんまは、一度だけ、手紙を書いたこと、あるねん」とつぶやいた。

「へえ。どんな手紙？」

「大した手紙やない。『おげんきですか。うちはげんきにしています』ってなことや。その頃、うち、まだ漢字が書けんかったやろ。そやから、ひらがなだけの手紙やった」

「一郎さん、うれしかっただろうね」

「そやねん。家に戻ったとき一番に『手紙、うれしかった』って言うてくれたわ。ほんでもな、こんなことも言わはったん。『いつも手紙が来ないぼくのところに、珍しく手紙が来たもんだから、船の仲間が、見せろ見せろって、うるさくてなぁ。開いてみたら、ひらがなばっかりだろ。子どもからの手紙か、読ませろ読ませろって。恥ずかしいから、トイレに隠れて読んだよ』って」

「……」

「それ聞いてな、やっぱり手紙、出さんことにした。一郎さんに恥かかせとうないもん」

「……そうか。残念だったね」

「船が港に着くと、一人で汽車に乗って会いにいったん。横浜、神戸、岡山、長崎、いろんなところへ行ったわ。字が読めんから、たどりつけるかどうか不安で不安で。一郎さんに会えるうれしさより、道々の心配の方が大きかったわ。

あの頃は、ほんま、よう悪い夢を見た。汽車に乗っているんやけど、それがどこ行きなのか、ようわからん。ほんで駅で降りては、また違う汽車に乗って、降りて、乗って、ようやっとたどりついたかと思うと、一郎さんが、うちの目の前を、知らんぷりして通り過ぎてしまうんや。大声で一郎さんの名前を呼ぶんやけど、振り向いてくれへん。追いかけても、人混みの中で見失ってしまうんや。ほんで、うち、迷子になってしもて、もうどこにおるんか全然わからへん。泣きながら自分の叫び声で目を覚ます。そんな夢ばっかり見とったわ」

「よっぽど恐かったんだねぇ。一人で汽車に乗るのが」

「そや。迷子になる夢、ずっとずっと見てた。見なくなったんは、夜間中学で字を習ってからや」

なっちゃんは、五十四歳で夜間中学に入ったと言っていた。そんなに長いこと迷子の夢を見ていたんだ。ずっと、言葉のわからない外国にいるような気分で暮らしていたのだろう。字を読めないということが、どんなに心細いことか、改めて身にしみた。

「そやからな、無事にたどりついて一郎さんに会えたときには、ほっとして涙がぶわっと溢れるん。泣きながら、一郎さんにしがみついたわ。会ってるときは、うれしゅうてうれしゅうて、にっこにこしておったけど、帰るときは不安で不安で、前の晩から一郎さんにしがみついて、また涙、涙や。一郎さんはそれを、『自分と離れるのがつらくて泣いているかわいい女』って勘違いしたんやね。自惚れて、船の仲間に『俺の女房は、別れるとき、大泣きするんだ。おまえの女房は涙一つ見せないな』なんて自慢してたんやて。騙(だま)したわけやないけど、いま思うとなんだか、申し訳ないわ」

「申し訳ないなんてこと、ないよ。なっちゃん、不安な気持ちを押して一生懸命会いにいったんだもの。その安堵の涙だもの。それだって愛の涙だよ。

普段、離れているから、会ったときはいつも新婚さんみたいだったでしょう」

「そや、その通りや。いつも熱々やった。そやからうち、ほんまにそれがそのまま続いてくれたらいいって、心の底から願ってたんや。ところが、ある日……」となっちゃんが言ったので、おっとまた暗転か、とわたしは身構えた。

帰化してほしい

「一郎さんが『なっちゃん、ぼくの子どもを産んでくれ』って言いだしたん」

「へえ、そうなの。それだけなっちゃんのこと、好きだったんだねえ」

「『子どもが生まれたら、旭川の両親もぼくたちのこと、許してくれるだろう』って」

おや、少し風向きが違うか……。

「一郎さん、その上『帰化してほしい。韓国籍では、子どもがかわいそうだから』って言うんよ。びっくりしたわ。それまで帰化なんて、考えたこともなかったから。

うちの父さんは、いつも朝鮮は誇りだって言うてた。朝鮮の由緒ある貴族の家系なんだって。『いまはこんなに貧乏をしているけれど、お祖父(じい)さんは駕籠(かご)に乗るような家柄なんだ』って自慢してたわ」

なっちゃんの家の表札には、「岸辺」と並んで、いまも旧姓の苗字が記されている。それは、金とか李とか朴という、朝鮮人によくある名前ではなかった。古代中国の皇帝で後に神と崇められた人物と同じ名前だ。確かに特別な由緒のある家系らしい。

「ヤンバン、ヤンバンって百回ぐらい聞いたわ」

ヤンバンとは、高麗、李氏朝鮮王朝時代の支配階級の身分のこと。後にも先にも、なっちゃんから朝鮮語を聞いたのは、このときだけだった。父親を意味するアボジも、母親を意味するオモニも聞いたことがない。

「父さんは、ヤンバンの家系のことを誇りに思うてたけど、うちはいつも、『それがなんになるん？』って思うてたわ。よその国に来て、貧乏して、貴族の家系なんてなんの足しにもならんでしょ。そやから、そんなもんにこだわるんは、うち、ほんま嫌やった。惨めったらしいやないの。うちは日本で生まれて日本で育った。韓国語も一つもわからん。そやのに朝鮮人やって差別され、とことん嫌な目に遭うてきた。韓国籍でいいことなんか、一つもあらへん。せめて、子どもはそんな目に遭わせとうない。朝鮮生まれを誇りにしてた父さんを裏切るようで申し訳なかったけど、子どもの将来を思うて、帰化申請することにしたん」

国籍と民族の厚い壁。日本に当たり前のように日本人として生まれたわたしにはない苦悩が、なっちゃんにはあったのだ。

「大決心だったね。赤ちゃん作る前に、まず帰化したってことなの？」

「そやねん」

「すごいね。用意周到だね」

「うん。そんときは、兄さんに預けてあった上の子も引き取って、いっしょに帰化するつもりやった。一郎さんもあの子の父親になってくれるって言うてくれたし。そやけど、兄さんがどうしても許してくれへんかった。『跡取り息子だから、絶対に渡せない、ましてや帰化なんかさせられない』って。その頃、兄さんは仕事で大成功して、お金持ちになってて、あの子は、なに不自由なく暮らしてたん。うちの母さんもおるから、おばあちゃん子になって、ずいぶんかわいがられてたみたいや。うちのことは叔母さんやて、言い聞かせてな。あの子、うすうすは気づいてたかもしれんけど。

ほんで、うちもあの子のことはあきらめることにしたん。うち一人、帰化して日本人になることにしたんや。ほしたら、生まれてくる子も、最初から日本人やろ」

日本人になる……その言葉に、小さなショックを受けた。

「でも、時間がかかったん。いろいろ書類を揃えて、二年ぐらいかかったわ。やっと帰化できて、一郎さんと正式に籍も入れたん。奈良の在日では、最初の国際結婚や」

「国際結婚……」

そうか。彼女にとっては、日本人男性との結婚は、あくまでも国際結婚なのだ。しかも、在日韓国人の仲間で初めての国際結婚。そんな時代があったんだ、すぐそこに。

「それから、子どもを作ったんよ。昭和四十八年、三十四歳で十年ぶりのお産やった」

「しっかり計画を立てて、実行して、大したもんだね、なっちゃんは」

「元気な男の子でね。ほんでも旭川の舅(しゅうと)と姑(しゅうとめ)は、うちを嫁とは認めてくれへん」

「つらかったね」

「まあな。うちのことなんか知らんぷりや。孫の顔も見に来(き)いへん。でも、一郎さんが大事にしてくれたから、平気やった。

それから二年して、下の子が生まれたんよ。この子も男の子。奈良のアパートに住んでたんやけどね、子どもも二人になって、にぎやかで、子育てに大忙しや。大変て言えば大変やったけど、子どもは二人ともかわいい盛りでしょう。生活の心配もないし、ただ楽しくて楽しくて堪らなかった。一郎さんが船に乗ってても、子どもらがおるから、前みたいにさみしいこと、あらへん。あの頃は、毎日張りあいがあったなぁ。いまでも、腕の中の赤ちゃんの感触、思いだすわ」

なっちゃんは、腕に赤ちゃんを抱える仕草をした。腕の中を覗きこむなっちゃんには、きっと赤ん坊だった頃の坊やの顔が見えていたのだろう。まるでマリア様のような微笑みを浮かべた。子どもに恵まれなかったわたしには、それがとてもうらやましく思えた。

なっちゃんの話は、とどまるところを知らなかった。滔々と流れる大河のように、物語は続いていく。ベンチはすでに夕闇に包まれていた。時計を見ると、そろそろスーパーが閉まる時間だ。

「ああ、ごめん、なっちゃん。お店閉まっちゃうから、買い物に行かなくちゃ。もう行くね。お話の続き、また聞かせてね」

「そやな。ごめんなぁ。つい夢中になってしゃべってしもて」

「いいの。なっちゃんの話、聞き飽きない。ほんとうに小説みたいに波瀾万丈だね」

「そうなんよ。それからも、まだまだ大変やったん」

「なにがあったの？」

「子どもらがハイジャックに遭ったん」

「ハイジャック！　どういうこと？」

「また、こんど話すわ。さあ、もう帰り。イケメンのだんなさん、お腹空かして待っとるで。ええだんなさんやもの。大事にせな」

「そうだね。ありがとう」

「また来てね」

「来る、絶対。なっちゃんも、うちに来てね。場所、わかるでしょう。昼間なら大抵、事務所にいるから」

「うん、いつか、行かせてもらうわ」

　川から、蛙の鳴き声が聞こえた。自転車にまたがると、なっちゃんに「危ないから、そこの道路に出るまで、引いてき。転んで怪我したら大変やで」と言われた。言いつけに従って、道路までの狭い小道を、自転車をそろそろと引いて歩いた。車道に出て振りむくと、なっちゃんは、まだそこに立っていて、こちらに向かって手を振ってくれた。わたしも小さく手を振り返し、自転車を漕ぎだした。

自転車を飛ばして、閉店時間ぎりぎりにスーパーに駈けこみ、食材をカゴに放りこんだ。帰り道、わざと少し遠回りして、大好きな田んぼの中の田舎道を走った。正面に大和（やまと）青垣（あおがき）の山々が見える。水を張った田んぼから、カエルの大合唱が聞こえる。虫や、鳥の声もする。自転車を停めて、しばし聞き入った。暗く盛りあがる大和青垣の上、大きな月が、光っていた。奈良盆地は、これから田植えの季節だ。

うちの子ハイジャックされたん

北の宿の黒田節

夕暮れから降り出した雨が、夜更けに豪雨に変わった。マンションの十階にいても、はげしい雨の音が聞こえるほどだ。強い風も吹いている。九州では水害も起きていた。

「こんなとき、鳥や猫は、どこにいるんだろうね」と夫がつぶやく。

わたしは、なっちゃんのことが心配だった。七年前の豪雨で、なっちゃんの家の前の川が増水し、橋が流された。橋は、なっちゃんたちの嘆願が実って架け替えられたが、大丈夫だろうか。避難指示は出ていないし、もう夜もかなり更けていたから、電話をするのは憚（はばか）られた。ネットで見ると、市内の川が危険水域に達したという情報はない。なっちゃんの無事を祈りながら眠りについた。

翌日は小降りになり、午後には空も明るくなりはじめた。わたしは、小雨の中、傘を差してなっちゃんの家を目指した。

川に近づくと、いつもは聞こえないゴウゴウという音が聞こえてきた。覗くと、茶色に濁った水がたっぷり、かなりの速さで流れている。途中にある小さな堰は、滝のようになだれ落ち、水煙を上げていた。しかし、水位はさほどでもなく、水が岸ぎりぎりに迫った様子もないのでほっとした。

なっちゃんの家に行って玄関の扉を叩いたが、返事がなかった。いつもついているテレビの音もしない。留守のようだ。わたしは、もう少し先までいって、市が新しく架け替えた橋の様子を見にいった。以前は手すりもない危なっかしい丸木橋だったが、いまはしっかりしたいい橋で、白い手すりもあって安心だ。少しの水ではとても流れそうにない。橋を渡って振り返り、なっちゃんの家のある向こう岸を見た。

川岸にへばりつくように、マッチ箱のような家が五軒、並んでいた。家の前は、なっちゃんが自分でセメント舗装をした小道。その道と川の間のわずかな土地に、なっちゃんが丹精した庭がある。それがなっちゃんの花園だ。家は、それぞれ独立していたが、まるで長屋のように壁を接していた。玄関の扉を開ければ庇もなく、すぐ外になってしまう。家の背後は、つい最近まで工場だったが、いまはこぎれいな建て売り住宅に変わっている。若い人々が住んでいるらしく、三輪車に乗る幼い子どもたちの姿を見かける。

なっちゃんは、川を見るたびに遠い目をして「川の向こうでは豚を飼っててね、朝鮮人ばっかり住んでいるアパートもあったんよ」とつぶやく。なっちゃんが「河川地」と呼ぶ、だれのものでもなかった堤防敷に、戦中から戦後にかけて朝鮮人が住みついたのだろう。なっちゃんのお父さんが架けた橋は、川の向こう岸とこちら岸を結んで、朝鮮人部落のコミュニティ作りに一役買ったに違いない。

豚を飼っていたという場所は、いまは更地で、資材置場になっている。管理をする人もいないために荒れ放題で、背の丈まで雑草が茂っていた。

「この庭、ここまでにするには、何十年もかかってるんだから」というなっちゃんの言葉を噛みしめる。「これはね、父さんが植えた松。大きくなりすぎて伐ってしまったの。これはね、のっぽの叔父さんが植えた柘榴(ざくろ)」と、なっちゃんは繰り返し、わたしに教えてくれた。ここは、なっちゃんの思い出が詰まった庭なのだ。

ひとしきり家々と庭園を眺めて、わたしはまたその小さな橋を渡り、もと来た道を戻った。もしかしたら、と思って念のため玄関の扉を叩くと「はあい。どなたさま」と声がして、すぐになっちゃんが出てきた。

「あらあ、いま帰ってきたところなんよ」

川下の道から戻ってきたのだろう。

「すごい雨だったからね、大丈夫かなと思って見にきたの」

「ありがとうねぇ、心配してくれて。息子もね、電話してくれたの。おかん、大丈夫か、川は溢れてないかって。みんなに心配してもらえてうれしいわぁ」

「川、すごい音がするね」

「ああ、こんなん、雨が降ればいつもよ。河川地に住むって、そういうことよ。慣れなきゃ住めない。まあ、上がって。うち、いまカラオケから戻ってきたところなん。また不良の友だちに誘われてな。うちの友だち、うちより頭の悪い人ばっかりやから、たまにはセンセみたいに頭のいい人と話さなんだら、ボケてまうわ」

「あら、なっちゃんたら、そんなこといって、お友だちに失礼じゃない」

いつのまにか「先生」呼ばわりされていた。

「おみやげ持ってきたの。いただきものの神戸のバウムクーヘン。これ、とびっきりおいしいから、なっちゃんといっしょに食べようと思って。特製の紅茶も淹れてきたよ」

　家に上げてもらい、湯呑みを借りて、ポットに持参したミルクティーを注いだ。アールグレイとオレンジペコをミックスして茶葉から淹れた紅茶だ。バウムクーヘンを食べながら、いつものおしゃべりタイムだ。

「なっちゃん、こないだ、お子さんがハイジャックに遭ったって言っていたでしょう」

「ああ、そのことね。あれは、ほんま恐ろしかったわ」

「聞かせてくれる？」

「ええよ。下の子が生まれて間もない頃やったから、昭和五十年の暮れのことや」

　その頃、どんなハイジャック事件があっただろうかと、記憶のページをめくった。

「買い物から帰ってきたら、アパートの前に知らないおじんとおばんがな、大きなかばん持って立ってたん。よう顔を見たら、旭川の舅と姑やないの。びっくりしたわぁ」

「急に来たの？」

「そや、連絡もなしにいきなり訪ねてくるんやもん、そりゃあ驚くわ。どうぞどうぞって家に上がってもろたん。舅も姑も、赤ん坊の顔を見てにこにこしてはるんよ。『ああ、孫も二人になって、いよいよ会いたくなったんやなぁ、いままで会いたいの、がまんしてはったんやなぁ』って思うて、うち、ほんまにうれしかったわ」

それが、どうハイジャック事件につながるのだろう？

「舅と姑は、その冬中、奈良におったんよ。よう考えてみたら、寒い旭川を避けて、冬を越しに来たんやね」

「避寒地ってわけだね。で、一郎さんは？」

「航海に出たばっかりで、春にならないと日本に帰らん。そやから、小さなアパートに、舅と姑とうちと子ども二人と、ぎゅう詰めで暮らしとったん。うちは、嫁として認めてもらいとうて、そりゃあもう、一生懸命尽くしたんよ。

こんなこともあったわ。ある日、舅がね、下の子が生まれた記念に、桜の木を植えろって言うねん。うれしゅうてね、一生懸命、桜の苗木探してきて、『お義父さん、どこに植えましょう』って聞いたら『そこに植えたらよろしい』って、アパートの前の畑を指さすん。そこは大家さんの畑やったから、そんなところに植えたらあかんやないやろか、と思うたけど、お義父さんの言いつけやから、黙って、言われた通りに植えたん。ほしたら、大家さんが飛んできてな、『なんでこんなところに木ぃ植えたんや』ってえらい剣幕で怒らはったわ。舅いうたら、澄ました顔で『奈良の人間はせせこましいなぁ』って、こうやで。ほんで、大家さんに『奈良には被差別部落が多いそうですなぁ。あれは、牛ばっかり殺すような野蛮な朝鮮人が流れてきて、部落民になったそうですなぁ。この頃は北海道まで押し寄せてきて、かないませんわ』なんて言わはるん。台所で夕飯の仕度してるうちに、わざと聞こえるように大きな声で言うんやで。

でたらめな話やて、わかっててても、うち、悔しゅうて悔しゅうて、涙が出たわ。ほしたら、舅は『朝鮮人はすぐ泣く。泣き女を雇うくらいだから、泣くのがよっぽどいいことだとでも思ってるんだろう』って言うて、また、うちをいじめるん。

毎日毎日、その繰り返し。『秋子、コーヒー淹れて』って言われると、うち、ゾッとしたわ。秋子って、うちの本名や。で、コーヒーを淹れて持っていくと『ここに座れ』って。それから、延々、いじわるが始まるん。『朝鮮の女は男女のことに積極的だって聞いたが、おまえは一郎にどんなことしてやるのか』なんて、とんでもないことまで聞くんよ。そんなこと、嫁に聞く舅が、どこにおる?」

「それはひどいわ。完全にセクハラだね」

「朝鮮人やからって、うちをとことんバカにし倒すんや。それが、ほんまに嫌で嫌で。

ほんでも、孫のことはかわいがってくれるし、うちさえがまんすればと思うて、そりゃあ、がんばったわ。誠心誠意尽くしたわ。ごはんも三度三度一生懸命作ったけど『朝鮮の味は口に合わんなぁ』って言われてねぇ」

「それはないよね。なっちゃん、かわいそう」

「ようやっと寒さも柔らいで、春風が吹きはじめた頃のことやった。もうすぐ一郎さんが戻ってくる、あと少しの辛抱やと思うて、夕飯のお使いから帰ってきたら、家にだれもおらへん。子どもたちも、舅も姑もいないいん。よう見たら、荷物もない。もぬけの殻や。うちの子、ハイジャックされたんや」

「ハイジャック……ああ、そうか。誘拐（ゆうかい）されたんだ」

「そや。舅たちに連れていかれてしもたんや」

ようやくハイジャックの謎が解けた。

「いきなり、なんの前触れもなく、連れてっちゃったの？」

「そや。うちがお使いに行っている間に子どもたち連れて消えうせたんやで。出来心やない、確信犯や。うち、気が狂ったように探したわ。バス停に行ったり、駅に行ったり。見つけたら連れ戻そう思うて。でも、どこにもおらんかった。一郎さんに相談したくても、船の上で連絡つかんし」

「ひどいことするねぇ。それで、なっちゃん、どうしたの？」

「どうしたらいいか、わからへん。どこにおるのかも、わからん。旭川に電話してもだれも出ぇへんし。子どものことが心配で心配で。下の子はまだ六ヶ月や。おっぱい飲んでたんやもん。うちのおっぱいは張ってくるし、お腹空かしてるんやないかって、もう、気が狂いそうやった。しばらく心当りを探しても、なんもわからんし、とうとう思い余って、一人で旭川に行くことにしたんよ」

「そうか。がんばったね」

「一人で飛行機乗るんは二度目や。一度は、結婚したいって言いに行って塩撒かれたとき。こんどは子どもハイジャックされて。もう無我夢中で旭川まで飛んだんよ」

「で、どうなったの？」

「ほいでな、一人で飛行機に乗って、旭川の飛行場で降りて、どうにかこうにか一郎さんの実家までたどりついたんや。そやけど、いたんは舅だけやった。子どもたちも姑もおらん。姑が、子どもらをどこかに隠してしもたんや。うちが探しにくる思うて」

なんてことだろう。どれだけつらかっただろう。大決心をして飛行機に飛びのってやってきたのに、子どもたちの居場所もわからないなんて。

「うち、『子どもを返してください』って、必死に頼んだん。『気に入らない、至らぬ嫁かもしれません。でも、気に入っていただけるよう精いっぱい努力しますから、どうか子どもを返してください。下の子はまだ乳離れしていません。お腹をすかせて泣いているでしょう。どうかどうかお願いします』って、畳に頭こすりつけて舅に頼んだんよ。

ところが舅はハハンと鼻で笑って、『朝鮮人はおっぱいおっぱい言うて、動物的な愛情しか知らん蛮族やな。おまえのお乳などなくても、いまどきの子どもは人工栄養で立派に育つわ』って」

「……ずいぶんひどいことを」

「『岸辺の家の跡取りを二人も産んだんだ。あんたにも覚悟があったはずだ』ってね」

「え、どういう意味？　なにを覚悟しろっていうのよ」

「『あんたは身を引いて、きっぱりと一郎と別れてくれ。子どもは岸辺の家で立派に育てるから』って」

「はあ？　なにそれ。あんまりじゃない。なっちゃん、帰化して日本国籍まで取っていたのに、そんなこと言われる筋合いないよね。子どもたちも、かわいそう。お母さんと引き離されて。お舅さん、なっちゃんのこと、どうして、そんなに嫌うんだろう」

「うちが在日二世やからや。好きで在日に生まれたわけでもないのになぁ。うちの父さんやって、好きで日本に来たわけやない、無理に連れてこられたのになぁ」

　なっちゃんは大きなため息をついた。

「ほんでうち、キッと顔を上げて言うたってん。『うちから、子どもを奪うつもりですか。そんなこと、絶対させません。草の根分けても探しだしてみせます。必ず、連れ戻します』って。ほしたら舅が『たかが朝鮮人が、やれるもんならやってみろ』って嘲笑（あざわら）うから、うち、もう我慢ならなくなって、『失礼しますっ』って叫んで、バーンと外に飛びだしたんや。右も左もわからんから、取りあえずタクシー拾って、『どこか、安いお宿に連れていってください』って」

そのときのなっちゃんの気持ちを思うと、胸がえぐられる思いがした。

「案内された宿は、ほんまにうす汚い、さみしーい宿でね。情けなかったわぁ。おっぱいは張って痛いし、赤ん坊の声が耳に焼きついて、気が立って、眠れへん。ほんで、お酒一本つけてもろたの。それをグイッと飲んで、自分を勇気づけるために歌ったん」

「歌？　なんの歌？」

「黒田節。♪酒は飲め飲め〜♪　ってね、小さな小さな、自分だけに聞こえる声で歌ったんよ。扇子広げて、踊りもって。暗い電気の、煤けた汚い安宿の部屋でね」

鬼気迫る。

「なんで黒田節？」

「うちの兄さんがな、酔うといつも歌ってたんや。兄さんにもいろいろ悩みがあったんやろなぁ。それをひと言も言わん人やった。そんなときは、黙って一人でお酒飲んで、静かに歌うてたんや、黒田節を。それを思いだしたん。それと、もう一つ『人生劇場』」

「ああ、村田英雄の。知ってる。わたしのお父さんが好きだったから」

「♪やると思えば　どこまでやるさ〜♪　って、泣きながら、歌ったん。それから、バッタリ倒れて、寝たん」

ふうっと、思わず大きなため息を漏らしてしまった。壮絶だ。壮絶にすぎる。見知らぬ土地で一人、なっちゃんはどんなに悔しく、悲しかっただろうか。舅の冷たい仕打ちに、絶望しただろうか。それでも、若き日のなっちゃんは戦った。いじわるな舅と、理不尽な差別と、そして自分自身と。子どもを取り返すことだけを考えて。

なっちゃん裁判所に行く

「それで、どうなったの？」

「次の日、パッと目を覚まして、仕度して外に出たら、まぶしいくらいの青空。奈良の空とは違う、透きとおった青や。北海道の空なんやねぇ。知る人もいないし、どこへ行ったらいいのかもわからん。字も読めない、学もないうちやけど、ともかくタクシー拾って『裁判所へ』って」

「裁判所！　よくそんなこと、思いついたね」

「泣きつく先もないから、必死やったんよ。子どもに会いたい一心で、無我夢中やった。裁判所に行ったら、道が開けるかもしれへんって思うたん」

　裁判所でわけを話すと、調停委員に会わせてくれたという。

「男の人と女の人と、一人ずつおってね、『子どもを取り返したい。こんな目に遭うくらいなら、もう主人とは別れたい』って、いままでのことを洗いざらいぜーんぶ話したら、『奥さん、離婚調停はすぐにはできないんですよ』って言わはるん。『戸籍謄本が必要です。申立書という書類も出してもらわないと』って。そんな、戸籍謄本なんて、奈良まで取りにいかなならんし、奈良と北海道を飛行機で行ったり来たりすることなんか、うちにはでけへん。字も書けんから、書類も一人じゃあ無理や。ああ、もう万事休す。うち、『そうですか』って立ちあがって、ほんまにがっくり肩を落としてね、とぼとぼと帰ろうとしたん。

　ほしたら、後ろから『あ、ちょっと待って、待って。奥さん、これからどうなさるおつもりですか』って。そやから、ひと言『死にます』って言うたんや。本気やった。子どもに会えへんなら、死んだ方がましや」

演技でもなんでもなく、それがなっちゃんの本音だったのだろう。宇宙のまん中に、独りぼっちで浮かんでいる気分。やっと掴んだロープさえ、するりと手からすり抜けて、どこにも寄る辺がない。調停委員は、なっちゃんがあんまり気落ちしていたから、心配になって声をかけてくれたに違いない。

「調停の人、びっくりしはって『まあまあ、死ぬなんて言わないで、ここにおかけなさい。お子さんだって、お母さんに死んでほしくはないでしょう。お子さん、いま、どこにいるかわかりますか』って。『主人にはお嫁に行った姉さんが一人おって、そこにおるかもしれません』『それはどちらですか』『札幌です』『住所は』『わかりません』『電話番号は』『それなら、わかります』。

調停の人、その場で、電話をかけてくれたんよ。『旭川裁判所です。そちらに岸辺一郎さんのお母さんと、お子さんはいらっしゃいますか』って。

いきなり裁判所から電話がかかってきたから、そりゃあ向こうもさすがにあわてたでしょう。子どもを攫うなんて、後ろめたいこともしているしね。調停の人『すぐに旭川裁判所までいらしてください。いまから札幌を出れば、お昼過ぎにはこちらに着くでしょう。お待ちしています』って、きびしく言うてくれたん」

「ああ、よかった。それで？」

「待ってたら、来たん」

「お義母さんとお姉さんと、子どもたちが？」

「お姉さんは来んかった。姑と子どもたちと、それに一郎さんが」

「えっ、一郎さんが！」

わたしの方が、衝撃を受けてしまった。

「船が函館に着いて、そのままうちに知らせもせんで、こっちに来てはったんやねぇ。水くさいわぁ。一郎さんまで、グルやったんやねぇ。うち一人、仲間はずれにして、ほんまがっかりしたわ」

他人事ながら、泣きたい気持ちになった。

「一郎さんが、上の子の手ぇ握って、姑が赤ちゃんを抱っこしてたわ。上の子は、うちの顔見たら、一郎さんの手を振り払って『おかあさーん』って走ってきて、膝にしがみついたん。うちは、姑の手から赤ちゃんを奪うように引ったくると、ブラウスの前、はだけて、すぐにお乳を飲ませたの。もう、ぴゅーっと迸（ほとばし）るようにお乳が出てね。赤ちゃん、顔をお乳で濡らしながら、夢中になってむしゃぶりついてきた。よっぽどお腹が空いてたんやねぇ」

聞いていて、涙が出そうになる。母は強し、だ。泣き虫なっちゃんが、ここまでがんばるなんて。

「ほんで、すぐに調停してくれたん。正式のやなかったかもしれんけど、ともかく、一人ずつ、両方の意見を聞いてくれたんよ。うちは『こんな仕打ちされて、もう愛想が尽きた。別れたい、子どもは引き取って自分で育てる』って言うたんやけど、そこで調停の人らが、知恵を授けてくれたんやわ」

「どんなこと？」

「『奥さん、いまここで、そんなことを決めては、いけません。別れ話なら、奈良に帰ってからでもできるでしょう。奈良に行けば、あなたのご兄弟やお友だちもいて、力になってくれるんじゃないですか。それまではともかく、ご主人にしがみついて、ご主人にいい顔をして、ご主人を自分の味方におつけなさい。利口に振る舞うんですよ。そのために、うんとバカにおなりなさい。ご主人を怒らさんように、なんでもハイハイとすなおに言うことを聞いて、おとなしく旭川の実家にお帰りなさい。そして、お舅さんとお姑さんをおだてて、徹底的に尽くしなさい。折を見てご主人と奈良に戻って、ゆっくりと話しあえばいいじゃないですか』って。

さすがやわ。いろんな夫婦を見てきた調停委員さんの言うことは違うわ。賢いわ。うちもそう言われて、ちょっとは頭も冷えて、それもそうや、と思うたん。

ほんで、うち、バカになることにしたん。すっかりバカになって、一郎さんと子どもたちといっしょに、おとなしく旭川の家に戻ったんよ」

こんなときに素直に他人の言うことに耳を傾けられるなっちゃんこそ、心底、賢い。

「裁判所まで呼び出されたもんやから、舅もうちに出ていけとは、よう言わん。うちは、どんなことを言われても泣いたり怒ったりせんと、ただにここに笑てた。ほんでも、やっぱりいじめられたわ。差別や嫌味もさんざん言われた。でも、一郎さんが外から帰ってくると、舅はピタッと口をつぐんで、なぁんもなかったような顔をしはる。腹立つし、悔しかったけど、反抗もせんと、一郎さんに愚痴も言わんと、ただただ尽くした」

「大変だ、それは」

「ほんま、生き地獄やった」

「お姑さんは、味方になってくれなかったの？」

「あの人は、自分のことにしか興味がないの。いっつもおしゃれしてお出かけしてね。子どもが泣くとすぐにチョコレート食べさせるんよ。それが一番手軽やから。ほんで、うちの子たち、あっというまに虫歯になってしもて」

「やだ。子どもたちもそれじゃ気の毒。一郎さんは味方してくれなかったの？」

「一郎さんは、やさしい人やねん。やさしすぎて、親には逆らえん。そやから、うちの味方はだぁれもおらんかった。子どもたちだけや。無邪気にうちに甘えてくる子どもらの顔見たら、どんなことでもがまんしようって思えたわ」

「よくがんばったね」

「ほんま、自分でも、ようがんばったと思うわ。どんなひどいこと言われても、バカになってにこにこ笑っとった。

ほんでも、一郎さんがいるときは、まだよかったの。さすがの舅も、一郎さんの前ではうちにひどいことは、よう言わんかったから」

不踏の誓い

「陸での半年が過ぎて、一郎さんがまた船に乗る日がだんだん近づいてきたん。うち、もう恐ろしゅうて恐ろしゅうて。一郎さんがいてもこれやもん、いなくなったらなにされるか。そやから一郎さんに『あなたが船に乗っている間だけは、どうか奈良に帰らせてほしい』ってお願いしたん。奈良で借りていたアパートも、空家賃ずっと払うてたしな。

一郎さんも、このときばかりは、さすがに親を説得してくれてね。うちが、陰でお義父さんにいじめられていること、わかってたんやろな。ほんで、ようやく二人の子どもと奈良に帰れることになったんや」

「よかったねぇ。一郎さんも、いざというときは、頼りになったね」

「そのときはね。飛行機が空港を発つとき、二人の子を抱えて、うち、心の中に数珠巻いたわ。『もしもこの飛行機が墜落しないで伊丹空港についたなら、わたくしは生きている限り、二度と絶対なにがあっても、金輪際、北海道の土は踏みません』って。祈りやないで、誓いやで。決心したんや。

そやから、夜間中学の友だちから『なっちゃん、北海道行こかぁ』って言われても、絶対行かん。沖縄には修学旅行で行ったけど、北海道はどんなに誘われても行かん。もう二度と子どもたちハイジャックされとうなかったんや」

「そうか。そうだよね」

なっちゃん、よくそこまで漕ぎつけたと、感嘆した。

なっちゃん家を買う

すれ違う心

「奈良に戻って、生き返ったわ。心底ほっとしたわ」

なっちゃんは深い息をついた。

「よかったねぇ。やっと、母と子の水入らずの暮らしになったんだね」

わたしもほっと息をついた。まるで、難所を切り抜けたアルゴー船の冒険譚を聞いているようだ。なっちゃんは、物語の中の英雄。子どもたちを救いだし、迫りくる二つの大岩の間を間一髪ですり抜けて、故郷に戻ってきた。波瀾万丈の物語、このまま安泰に収まればいいのだけれど……。

「子どもの顔見ているだけで、しあわせやった。そやけどな」となっちゃんの話に、早くも暗い影が差す。

「半年して、一郎さんが船から戻ってきたら、また『北海道に行こう』って言いだすんや。軽くいなしても、しつこう言うてくる。話のわからんきかん坊のようや。うちも、もううんざり。『北海道に行きたいなら、一人でどうぞ』って。ほしたら、どうしても喧嘩になるやろ」

黒雲が、じわじわ広がっていく。

「一郎さんはな、こう言うんよ。『奈良にいても、いいことは、一つもなかっただろう。奈良には、おまえの親類もいて、在日だって知ってる人もたくさんいる。こんなところで育ったら、子どもたちに朝鮮人の血が入ってるってバレてしまう。差別されてかわいそうだから、北海道へ行こう。だれも、おまえの素性を知らないところへ』って」

「そんな……悪いのは、差別する方なのに」

「そやろ。切れば流れるのは、みんなおんなじ赤い血や。そやのに、そんなこと言わはるんや。悲しゅうて悲しゅうて。一郎さん、ええ人やけど、あんな親にいろいろ吹きこまれたら、だんだん、そうなってしまうんやなぁ。二人だけのときは『血なんか関係ない、なっちゃんがなっちゃんでいてくれたら、それだけでいい』って言うてくれはったのにな。『家』が出てくると、変わってしまうんやねぇ」

「悲しいねぇ」

「悲しいわ。ほんま、あの差別の心ってなんなんやろな……」

なっちゃんと二人で、大きなため息をついた。

「ほんでな、うち、一計を案じたんや。奈良に家があれば、一郎さんも北海道に行こうって言わなくなるやろと」

「うわぁ！　なっちゃん、策略家だね」

お見事、早速反撃だ。

「そや。『学』はなくても『知恵』だけはあるんや。生きる知恵や。ほいで、建て売りの家を見つけたんや」

「どこに？」

なっちゃんは、大学のすぐそばの落ちついた住宅地の名を告げた。上品な文教地区だ。

「ええ、そんないいところに！」

駅からも遠くない。

「庭もろくにない、親子四人が住めるだけの小さな建て売りの二階屋やけどね。貯金三百万円下ろして、さっさと手付金を払(はろ)たんや」

「やるね、なっちゃん」

「船から下りた一郎さんに、そのことを話すと、びっくりして、目を白黒」

「そりゃ、驚くわ」

「取りあえず見てって、無理に連れてったら、場所もいいでしょ。思いのほか気に入ってくれてね。手付金の三百万も惜しいし、結局、その家、買うことになったん」

「すごーい。家持ちになったんだ。ローン組んだの？」

「ううん、即金。一郎さん、お給料すごくよかったんよ。そやから現金でポンと。でも『旭川の親にはしばらく黙っといてくれ』って。親に気ぃ使(つこ)てはったんやね。うちは、あぁこれで奈良に落ちつけるって、ほっとしてた。ほいで、さっそくその家に引っ越したん」

「やれやれ、一件落着だね」

「ところが、そうは問屋が卸さない。それからというもの、一郎さんの様子がすっかり変わってしもた。ひどくお酒を飲んで、まるで小さな赤ちゃんに戻ってしもたような有様や。一郎さん、親に黙って奈良に家を買うて、うちとの板挟みになって、つらかったんやろなぁ。お酒が入ると『北海道に帰ろう、北海道に帰ろう』ってくだ巻いて。そのたんびに、うちは『絶対に行きません』って強情張る。一郎さん、酔っ払って、不機嫌な顔して、子どもがおるのに煙草スパスパ吸って、家ん中じゅう、煙だらけや。で、ちょっとしたことで言い争いになって、そのうち暴力も振るうようになってしもた。

あれは一郎さんが半ズボンやったから、夏のことや。一郎さんがあんまりわからんこと言うから、うちもとうとう頭に来て、太腿に噛みついてやったことがあるねん。ほしたら、一郎さん、驚いてな、パーンってうちを引っぱたいたんやわ。ほいでも、うちがスッポンみたいに食らいついたままやさかい、一郎さん、あわててな、うちを力いっぱい殴ったんや。ほしたら、うち、盛大に吹っ飛ばされてしもた。一郎さんの太腿、がぶりと食いちぎって」

「うわっ。そ、それはひどい夫婦喧嘩だったね」

わたしは、たじたじとなりながら、相槌を打った。

「一郎さん、太腿にひどい傷ができてしもてな、『週末はボートの試合があるのに、こんなんじゃゃ、出られない』って嘆いてたわ。会社でボート部に入ってはったんや」

「へえ、スポーツマンだったんだ」

「そりゃあ、すてきやったでぇ。男前やし、ボートを漕ぐところなんか、もう惚れ惚れするわ。でな、ずっと後になってても何度も『あんときは、おまえのせいで、試合に出られなかった』って愚痴られたわ」

壮絶な話なのに、なっちゃんの口から聞くと、うっかり笑ってしまいたくなる。

「一郎さん、よく、なっちゃんに手を挙げたの？」

「うん。お酒が入ると、暴力が始まってなぁ。うち、殴られて青タン作って腫れた顔して、病院に駆けこんだこともあったんよ。いざというときは、暴力振るわれた証拠になる思うてな。その頃はもう、離婚のことも、頭をかすめてたんやな。

そないなことがあったのに、一郎さん、まだしつこく『北海道に帰ろう、帰ろう』言わはるから、とうとう、うちも売り言葉に買い言葉で、『北海道に行くくらいなら、離婚します』って言うてしもたん。一郎さん、まっ青になったわ。ほんで、すぐに旭川の母親に連絡したんやね。あれは、なんていうんかな、母親べったりの……」

「マザコン？」

「そやそや、それや、マザコン男や。ほしたら、姑がすっ飛んできて『離婚するするって、勝手なこと言って、あなた一人で二人の子どもを育てられるわけがないでしょ』って怒鳴り散らすん。うちは『石にかじりついてでも、立派に育ててみせます。絶対にひもじい思いはさせません』って啖呵切ったん。ほしたら姑が、『わかりました。できるものならやってごらんなさい。一郎は一切養育費は払いませんからね。それでも離婚したいなら、ここに名前をお書きなさい』って、すっと離婚届を出したん。あきれたわ。そんなもんまで、用意してはったんやねぇ。もしかしたら、脅しのつもりやったのかもしれん。

そやけど、うちはもう腹決めて、すらすらと名前を書いたわ。字ぃ読めんでも、自分の名前くらい書けるもん。ほしたら、一郎さんも酔った勢いで名前を書いてしもたん」

大変な展開だ。

「え？　そ、それで、即、離婚？」

「さすがに、そうはいかんかった。子どもの親権のこともあるしな。奈良の家庭裁判所で離婚調停したんよ。あのときは、ほんま苦しかった。もう思いだしとうないわ」

結局、なっちゃんは養育費を一切要求せず、二人の息子の親権が欲しいと、ただただそれだけを訴えた。暴力の証拠があったからか、なっちゃんの熱意に圧倒されたのか、ともかくも、なっちゃんは親権を勝ち取った。一家が住んでいた家も、なっちゃんのものになった。

もしかしたらそれは、一郎さんのせめてもの償いの気持ちだったのかもしれない。

なっちゃん大家さんになる

「で、なっちゃんたち、そこに住んだの？」

「上の子が小学校に上がるまではね。そのあと、家は人に貸して、町から離れた田んぼの中の小学校の隣の小さなアパートに引っ越したん。家賃は安いし、窓を開ければ、すぐ小学校の校庭や。うち、仕事で忙しくしよったから、小学校の先生らに子守を任せたようなもんや。夏は『うちの子、プールに入れたってぇ』って水着着せて窓からポーンと放るようなこともあったわ。先生たちには、せんど世話になった。うち、悪知恵働くやろう」

「いや、悪知恵じゃなくて、生きる知恵だよね」

「下の子が小学校終るまでは、そのアパートに親子三人で住んでたん。貸してる家との差額を貯金に回せるやろ。で、下の子が中学に入るとき、ここに引っ越してきたんよ」

「そうだったんだ。ちゃんと不動産運用して、賢いねぇ。この家は、小さい頃、なっちゃんがお父さんやお母さんと住んでいた家だよね」

「そうなんよ。うちらが出た後、父さんの弟ののっぽの叔父さんが長らく住んではったんやけどね、その叔父さんがお金貯めて、韓国に帰ることになったんでね、だれか欲しい人おらんかって言われたんよ。なつかしい家やし、うちが手を挙げて買うたわ」

「買ったの？　もらったんじゃなくて」

「そや。働いて節約して貯めたお金で買うたわ。登記もできん土地やから、破格の値段や。ほしたら、もうアパート代も払わんでええやろ。その分、家計が助かるやろ」

「やあ、なっちゃん、堅実だねぇ」

「もともと、ここの並びの五軒は、全部うちの親類が住んでたんやけどな、みんな成功して家を建ててよそに出たり、韓国に帰っていった人も何人もおったん。ほんで、空き家が出るたびに、うちが一軒ずつ買うたんよ」

「ええ、そうなの？」

「そりゃ、もちろん格安やで。こんなところやもん。人からは『なっちゃん、アホやなぁ。なんでこないな家、買うねん。登記もでけへんのに』って散々言われたわ。ほんでも、おじさんやおばさんたちが住んでたなつかしい場所やし、年取ったら、家賃で暮らしていける思うてな。自分も住みながら管理人もできるやんか。掘ったて小屋みたいな家を、一軒一軒、直して、水洗トイレにして、人に貸せるようにしたんだわ」

「よくお金があったねぇ」

「死にもの狂いで働いたもん。子どもたちを食べさせなきゃならんし、頼りになるのはお金だけやもん。なんでもした。道路工事の砂利運びから、料理屋の皿洗い。一日に二つ掛け持ちすることもざらやった。学校出てないから、いい仕事もないし、ともかく体を使って働くしかなかったんや。

高級クラブの雇われママをしたこともあったんやで。うちがいたら、お客さんがようけ来てくれるんよ。人気のママやったわ。その頃の写真、センセに見せてあげたいわ。胸の開いたドレス着てね、髪もきれいにセットして」

「わぁ、見たいな」

「こんど、探しとくわ。まあ、そのせいで、夜も遅うなるし、子どもの面倒もろくに見てやれなくて、さみしい思い、させたわ」

なっちゃんのたくましさには、舌を巻く。

「一郎さんとは、それからは？」

「もう、全然。子どもの顔も見にこないわ。でもね、離婚してしばらくした頃に、一郎さん、アキラ叔父さんのところに、ひょっこり顔を出したんやて」

「アキラ叔父さんて？」

「横浜に住んどった一郎さんの叔父さんや。岸辺の親類の中で、その人だけがうちらにようしてくれたんよ。赤ちゃんが産まれたときには、乳母車を買ってくれはってね。その叔父さんが、ずっと後になって教えてくれたわ。一郎さん『遅くなりましたが、実は……』って、離婚の報告に行ったんやて。叔父さんが『子どもも二人いるんだし、いまからでも、よりを戻したらいいじゃないか』って言うたら、一郎さん、『それがもう、できないんです』って男泣きに泣いたそうや。そのとき、一郎さんはもう親の勧めでお見合いをして、再婚が決まってたんやな」

「そうかぁ。一郎さんも、ほんとうは、なっちゃんと暮らしたかったんだろうなぁ。親に逆らえない気弱な人だったんだねぇ」

「やさしい人やったんや。そのやさしさが仇（あだ）や」

「同じやさしくするなら、なっちゃんや子どもたちにやさしくすればよかったのにね」

「ほしたら、親に逆らわないとあかんやろ。それができない人やったんやね」

強くないと、人はほんとうのやさしさを持てない。自分が大切だと思っている人を守れない。なっちゃんが姿をくらましたとき、一年もかけて探しだすほど、なっちゃんに惚れていた一郎さんだったのに、なんて悲しい話だろう。

「一郎さん、再婚して間もなく女の子が生まれたんやて。いい暮らし、してるらしい」

「そうなんだ」

「うちの子たち、一郎さんのことは、よう覚えてへんの。船乗りやから、家にいないことも多かったし、子どもが小さいときに別れてしもたしね」

なっちゃんは、さみしげに眉を寄せた。

親父どんな人やった?

「いつやったか、大阪で暮らしている末の息子が急に帰ってきて『親父がどんな人やったのか、知りたい』っていうん。そやから、話してやったの。『商船大学出で、日本郵船に勤めて、何カ国語も話せて読めて、うちが初めて会ったときは調査室勤務で、毎日いろんな国の新聞読んで書類作って、そりゃあ、立派な人やったんやで』って。

離婚した後は、暮らしていくのが精一杯で、働きづめやったから、そんな話、ゆっくりしたことなかったんよ。一郎さんのこと話したんは、そんときが初めて。

ほしたらね、息子が煙草スパスパ吸いながら、だんだん眉間に皺(しわ)寄せてね、ものすご不機嫌になっていくん。どっかで見た顔やなぁって思うたら、一郎さんよ。一郎さんが機嫌が悪いときにそっくりやんか。やっぱり親子やなぁ。

ほしたら、息子、煙草をパッと投げ捨てて『おれの親父、エリートやないか。おかん、なんで別れたん。なんで辛抱しなかったん。おかんがもうちょっと我慢してくれてたら、おれだって、苦労せんでも、よかったのに。エリートの息子やったのに』って言い捨てて、ぷいっと出ていってしもたん」

「あらら。それは、あんまりさみしいねぇ」

「苦労話は、息子たちには一つもしてへんからね。一郎さんの悪口も、聞かせたことがない。そやから、あの子たちには、わからんのや。うちだけが悪いと思うとるわ」

「悪口言わないなんて、なっちゃん、粋だねぇ。女の美学だねぇ」

　まったく、なっちゃんは大したものだ。

「養育費ももらわないで苦労して女手ひとつで育てたの、なっちゃんなのにねぇ。息子さんには、その苦労が、伝わってないのかなぁ。そういえば、なっちゃん、前に、夜間中学の先生に、自分の人生、小説にしたらいいって言われたでしょう」

「そやねん。いつか、書きたい思うてたけど、まだ書いてないねん。先生みたいな人が書いてくれたらええんやけど」

「えっ、いいの？　ほんとうにいいい？」

「ええよ。でも、うちの本名は出さんといて。兄さんの仕事も秘密にして。きっと怒るから。本になっても、うち、だれにも見せへんわ。見せられへん」

「息子さんにも？」

そう言うと、なっちゃんはしばし黙り、考えこんだ。そして、思いきったようにこう言った。

「そやなぁ。息子にだけは、見せるかもしれん。これが、おかんの人生やって」

「そうだよ、見せたらいいよ。そうしたら、きっとわかってくれるよ。なっちゃんが、どんな目に遭ってきたのか。どうして別れなければならなかったのか、どんなに苦労して育ててくれたのか」

「そやろか。わかってくれるやろか」

なっちゃんは、不安げな表情で、微笑んだ。

うち悩みがあんねん

ブタ箱に放りこんでください

　豪雨の後、またひどい雨が降った。雨が上がり、買い物ついでに、なっちゃんのところに寄った。川の様子を確かめたかったし、なっちゃんのことが心配だった。「動物ヨーチ」という昔なつかしいビスケットをおみやげに持っていく。淡いパステルカラーの砂糖衣の、昭和を感じさせる駄菓子だ。

　川は相変わらず濁って轟音（ごうおん）を立てていたが、水位はさして上がっていない。小道の入口には旺盛に繁ったヒノキ科の樹木が陣取っていて、爽やかな香りを振りまいている。木は新緑を萌えたたせ、ちょうどいい目隠しになっている。雨が続いたせいか、殻が半分透き通った若いカタツムリが何匹も、その鮮やかな緑の葉の上をゆっくりと歩んでいた。

　木の脇を抜けると、なっちゃんの手による表情豊かなセメント舗装の小道が見通せる。「秘密の花園」は、曇り空の下、雨上がりの穏やかな表情を見せていた。洗濯の物干し台で作った蔓草のアーチの手前には、アールヌーボー風の鉄の門扉が仕切りのように建っている。そこにはだれかよその人の名前がうっすらと読めた。きっと、これも廃品だろう。境目のない草むらのような花壇と蔓草のアーチと門扉が、この堤防敷を、ふいにターシャ・テューダーが現れそうな英国風の庭園に見せている。

なっちゃんの家の前に行くと、窓ガラス越しにテレビの光が見えた。いるんだ！　玄関の扉を叩く。

「なっちゃん。こんにちは」

「ふわぁーい」と少し寝ぼけたような声がした。

「どちらさま？」

「寮でーす」

「あ、先生！　また来てくれたん」

なっちゃんは眠そうな顔をして、くしゃくしゃの頭で出てきた。それを気にして、頻りに手で髪を撫でつけている。

「ごめん、テレビ見ながらうとうとしてしもて。やることないし、曇りの日は眠くてあかんわ」

まるで雨の日に眠りこける猫みたいだ。

「これから買い物に行くところなの。夕べまた降ったから、心配して見にきたけど、大したことなかったみたいだね」

「そや。きのうは、恐いことは、なんもあらへん。市役所に浚渫（しゅんせつ）してもろたからな、水もよう流れるんや」

「よかった。これ、おみやげ。ほんの駄菓子だけど」

「あら、かわいい。なつかしいわぁ。ありがとねぇ、いつも」

「じゃ、きょうはこれで帰るわ。ビスケット、渡しに来ただけだから」

「そう？」となっちゃんは残念そうな顔をする。

「じゃあね、また来るね」と背中を向けて帰ろうとすると、後ろから「うち、悩みがあんねん」と声が追いかけてきた。そう聞いては、無碍（むげ）には立ち去れない。後ろ髪をぐいっと引っぱられ、そのまま踵（きびす）を返すことになった。

「どうしたの、悩みって」

「息子がな、怪我したん」

「え、怪我？」

「屋根から落ちた言うねん。コレラやろ。ほんで仕事のうなって、慣れん解体の仕事について、さっそく落ちたらしいんや」

もちろんコロナのことだ。

「あら、それは大変。大丈夫なの？」

「話はできるし、本人は大丈夫言うとるんやけどな、もう一ヶ月も入院してるって。うちに知らせると心配するからって、黙ってたらしいんや」

「そうかぁ。お母さん思いの息子さんだね。お見舞に行ってあげたらいいのに」

「それがな、そう簡単に行けへんわ。佐世保におるんやもん」

「佐世保！　それは遠いねぇ」

「そやろ」

「だれか、面倒見てくれる人、いるの？」

「若い恋人がそばにおるから、安心なんやけどな」

「それならよかった」

「二番目の息子なんやけどな、どうも様子(ようす)がおかしいと思たんや。この頃、電話しても、ちいっとも出えへん。留守電してても返事ものうて。ほしたら、昨日、上の子から電話があってな、弟が怪我をして一ヶ月ほど前から入院してる言うて」

「上の子って？」

「うちの兄さんのところに養子に出した子や。その子も、いま、九州におるんや。佐世保からそんなに遠いところやない、長崎や。二番目の息子と仲ようしとる」

「九州にご縁があるんだね」

「それにはまあ、いろいろわけがあってな」

おっと、このままだとまた大長編が始まるのかと身構えた。上がっていけばと言われたが、辞退して、そのまま玄関先で立ち話を続けた。

「怪我をした息子さんは、一郎さんとの間の最初のお子さんだよね。いま、おいくつ？」

「四十五や。二十歳の頃から、佐世保におるん」

「へえ、どうしてまた、佐世保に」

「自衛隊に入ったからや」

「ああ、あそこ、大きな海上自衛隊があるものね。高校卒業して、自衛隊に？」

「高校は卒業してへんのや。いい高校に入ったんやけどな」となっちゃんが教えてくれたのは、県下でも有数の進学校だった。

「まあ、名門じゃない、頭、いいんだね」

「一郎さんに似て、頭はええんよ。それに、中学のときは野球部で、ずいぶん活躍したんやで」

「文武両道だね」

「高校に行ってからも、野球仲間とようつきあってたんよ。学校が違ってもな、盛んに行き来して」

「へえ、いい友だちがいたんだ」

「それがなぁ、そうでもなかったんや。ある日、なんだかおかしな様子で帰ってきた。まるで酔っ払いみたいなんや。『どうしたん？』ってそばに寄ったら、変な匂いがするやんか。シンナーやった。野球部の友だちの妹がな、ヤクザとつきおうてて、小遣い稼ぎに、お兄ちゃんの野球仲間にシンナー売り歩いとったんや」

「あらあ、それはまずい」

「うち、心底怒ってな。もう二度と、シンナーなんかすな、せっかくのいい頭が、ダメになってしまうやないかって。息子も、泣いて謝ったわ。『もう絶対にしません』言うて。ほんでもな、シンナー、なかなか止まなんだ。だんだん様子おかしうなってきてな」

依存症になっていたのかもしれない。そうなると、自分の意志では簡単に抜けられるものではない。

「ある夜、ずいぶん遅うなってから、その娘から電話がかかってきたんよ。お金貸してくれって。どこどこのモーテルにおるから、すぐに持ってきてくれって。うち『だめや。そんなん、絶対に行ったらあかん』って、きつく言うて、あの子を行かせなかったん。あの子、なんや落ちつかん様子やったけど、その夜は素直にうちの言うこと、聞いてくれたんや。

ほしたら、その女の子、その晩に、モーテルでヒモのヤクザの男に、ビール瓶で頭殴られて、死んでしもた」

「ええっ！」

なんという展開だ……。

「さ、殺人事件ってこと？」

「そや。新聞にも載っとったわ。人形焼いとると思うたら人やったって」

「やだ、恐ろしい……」

わたしは思わず、顔をしかめた。

「ほんで、うちの子、すっかりふさいでしもてな」

「そりゃ、ショックだわ」

「おかんが止めなければ、あの娘は死なんで済んだんやって、うちに当たりよるわ、おかんを振り切ってでも行けばよかったたって、自分を責めたりして、学校にもよう行かんようになってしもた」

「そうかぁ。それは、かわいそうなことをしたね。やさしい子なんだね」

「そうや。やさしいから、傷ついてしもたんや」

繊細でやさしい子ほど、リスクが高い。そのことを、わたしは奈良に来てから、実感していた。ひょんなことから奈良少年刑務所に関わり、受刑者たちに絵本と詩の授業をして、収監されている少年たちが、どんなにやさしい子なのかを、散々見てきたからだ。

「とうとう高校も中退して、ぶらぶらしとったんやけど、やっぱりどこか様子がおかしい。シンナーかなにかやっとるらしいけど、四六時中張りついているわけにもいかんし、どうしようもでけへん。ほしたら、ある日、警察から電話がかかってきて『息子さんを保護しました』って」

「なにがあったの？」

「シンナー吸って、ふらふらになって道ばたに蹲（うずくま）っているところ、警察が保護してくれたんやて。逮捕されたわけやないけど、情けないやら悔しいやら。女手ひとつで一生懸命育てた子が、そんなことになってしもて、うち、なんとも言えん気持ちになって……」

　つらい気持ちを思いだしたのか、なっちゃんは涙ぐんだ。

「警察に飛んでったわ。うちの子、しょんぼりしとった。かわいそうと思うたけれど、このまま家に戻れば、またシンナー吸うやろ。悪い仲間と会うに決まっとるやんか。ほんで、『うちの息子、ブタ箱に放りこんでください』って警察にお願いしたん。ほしたら『保護しただけなんです。犯罪したわけでもないのに、それはできません』て。ほんで、うち、どうしようか散々悩んで、警察から精神病院に電話したん」

「え、精神病院……」

「入院させよう、思うて。電話帳で探したら、近くに三つほど見つかってな。最初の一つに電話して事情を話したら『すぐに迎えにいきます』って言うてくれて。小一時間で迎えにきたわ。あの子、そのまま精神病院入りよ」

「そ、それはまた極端な……」

「まあな。あの子は、きっといまでも、うちを恨んどるわ。悪いことしたわけでもない、警察に保護されただけなのに、精神病院にブチ込むなんて、なんてひどいおかんやて。そやけど、うちも女手一つでどうしようもならん。相手は赤ん坊やあるまいし、背中におんぶしとくわけにもいかんやろ。精神病院なら、シンナーとも悪い友だちともきっぱりと手が切れるし、ともかく、しばらく入ってもらうことにしたんや」

胸が痛んだ。息子さん、どんなに傷ついただろうか。殺されてしまった女の子のことで傷ついているのに、さらに実の母親に精神病院に入れられてしまったのだから。

しかし、なっちゃんを責めることもできない。女一人で世間を渡っていた当時のなっちゃんに、ほかになにができたか。よほど強く温かなつながりや支援者がいない限り、途方に暮れるしかなかったのだろう。

「うち、毎日欠かさず面会に行ったんよ。あの子の好きなキャラメルやら着替えの下着やら下げてな。最初は反抗的やったけど、だんだん態度が変わって『おかん、お願いだ、ここから出してくれ』って泣きつかれるん。周りを見てたら、独りごと言うたり、頭かきむしったり、おかしなことする人ばっかりやろ。ほんで、そこが精神病院やて、わかったんやろな。うちも内心、かわいそうでたまらんかったわ。

ほんでも、ちょっとやそっとじゃ出すわけにはいかんやろ。出たとたんに元の木阿弥になってしまうんは、火を見るよりも明らかやんか。そやから、うちもいろいろ考えたんよ。ほしたら、あの子がいつか『自衛隊ってカッコええなぁ。俺も入りたいわ』って言うてたのを思いだしたん」

奈良には自衛官を募集する施設がある。ビシッとした制服姿の自衛官の写真が掲示されていて、男の子なら、憧れることもあるだろう。

「勤務地が近くやったら、また悪い仲間と会うことになるやろ。ほんで、なるべく遠くに行ってもらおうと思うたんや。知り合いのツテを頼ったら、『佐世保の海上自衛隊に知ってる人がおる』っていうんで、そこで採用試験を受けさせてもらう算段をしたんや」

「ああ、それで佐世保。あの町なら、何度か行ったことがある。港もあって軍艦も停泊していて、ほんとうに自衛隊の町だよね」

「そやねん。ほんで、うち、息子に条件出したん。『あんた、自衛隊に入りたいって言うてたわな。ほんなら、佐世保の海上自衛隊に行かんか。佐世保で試験受けるなら、退院させたるわ』って。あの頃は、親の判子がないと、退院できなかったんや」

「まるで脅迫だね」

「そや、脅迫や。精神病院にブチ込んだ挙げ句、遠くの自衛隊に行けって、ずいぶん殺生な親やろ」となっちゃんは自嘲気味に笑った。

親の許可が得られなくて精神病院に長いこと入院させられ、人権を奪われている人はいまも多い。それを思うと、わたしはお愛想で笑うわけにもいかなかった。

宿命や

「息子は、病院から出たい一心で、承知したんや」

「で、試験に受かったんだね」

「そや。うまいこと受かってくれてなぁ。もともと賢い子やもん」

「そうだね。一郎さんの子だものね。でも、自衛隊の訓練って、すごくきびしいんでしょ」

「そりゃあ、きびしいさ。でもね、あの子、中学のときから野球部やんか。根性あるし運動もできたし、なんとかがんばり抜いて、一人前の自衛官になったん」

「ああ、それは、よかった。案外、向いていたのかもね」

「ところがよ、それから三年ほどした頃やろか、佐世保の自衛隊の上官から、急にうちのとこに電話がかかってきたん」

なっちゃんの声が翳（かげ）った。悪い予感がした。

「うちの子の名前を言うて『お母さんですね。息子さんが、乗船時間になっても帰ってきません。そちらに戻っていらっしゃいませんか』って」

「それって、無断欠勤？」

「脱走や。それっきり、あの子は自衛隊に戻らんかった。結局、辞めてしもた」

「なにがあったんだろう」

「後で聞いたら、鉄砲の訓練をしてるとき、上官から『なんだ岸辺、そのへっぴり腰は。まるで韓国兵みたいじゃないか』って言われたんやて」

「韓国兵……」

「あの子は、生まれたときから日本人や。うちもとっくに帰化してた。そやから、黙っておれば、だれにもわからんはずや。上官も知らんかったんやないかなぁ。知らんで、ただの悪口のつもりでそう言うてしもたのかもしれん。そやけど、あの子にはショックやったんやろな。自分のこと、言われたと思うたんやろな。かわいそうに、朝鮮人の血が流れとることと、ずっと負い目に思うてたんやな」

そんなこと、気にしなければいいのに、と思うが、それは日本で日本人という多数派に生まれたからこそ、のうのうと言えることだろう。少数派には、その立場になってみないとわからない苦しみがある。

ひょっとしたら、彼は、母親が在日二世だったことを隠して暮らしていたのかもしれない。それを知られることを、死ぬほど怖れていたのかもしれない。半島の血が流れることを恥だと思っていたのだろうか。祖先の故郷である半島の文化を学ぶ機会もなく、なに一つ知らずに育ってきたら、そう思っても致し方ないことだ。そんな子にとって、朝鮮は心の拠（よりどころ）にもならなければ、誇りにもならなかっただろう。その意味で、彼はきっと文化的孤児だった。世間の差別の目を内在化させてしまって、それを自分に向けてしまったのか。ほんとうは、誇りを持ってもいいのに。日本の文化の源流は、半島にあるのに。

なっちゃんだって、そうだ。家で両親をどう呼んでいたのか聞いたら「お父さん」「お母さん」と呼んでいたという。なっちゃんの口からアボジやオモニといった言葉を聞いたことがない。両親は、家では常に日本語で話していたそうだ。親類や同朋と会うときだけ、親が「わけのわからない言葉」を話すことはあっても、子どもには絶対に日本語だったという。

「在日いうんが、どこまでもついてくるんや。朝鮮となんの関わりもなく育ったあの子にまでな。宿命や」

なっちゃんは、そう言って、深いため息をついた。

「ほんでな、あの子はそれから、職を転々としたんや。流行のホットクラブにも行ってたらしいで」

出た、なっちゃん言葉！　ホストクラブのことだろう。確かにかなりホットな場所だ。

「あの子、一郎さんに似て、男前やしな。スポーツしてたから、がたいもええし。それがコレラだかコルラだかの騒ぎで、仕事がのうなってしもて。慣れない解体の仕事で、屋根から落ちてしもたんやて」

コルラ……惜しい、もう一歩だ。

「気の毒にねぇ。コロナさえなければ」

「あの子も、一度は結婚したんやで。二人の子連れのずいぶん年上の女の人とな。母親の愛情に飢えていたから、そんな年上の女がよかったのかもしれんな。結婚式には佐世保まで呼んでくれたわ」

「よかったねぇ」

「そやけど、あっちに行ったら、うち一人置いて、みんなで出かけてしまうん。どこへ行くのかと思うたら、嫁さんの親族との食事会やて」

「あら、それはひどい。なっちゃんだけ、仲間はずれだなんて」

「そやろ。うちを、嫁さんの親族に見せとうなかったんやろな。在日二世の母親なんか、隠したかったんと違う？　ほんでうち、すっかり臍曲げてしもて、そのまま家を出て、一人で飛行機の切符取って、奈良に帰ってきてしもたわ。その頃はもう、夜間中学に行ってたから、切符を取るのもお手のものよ」

　なっちゃん、人生で三度目の失意の飛行機旅だ。

「字を習って、自信がついたんだね」

「そや。もうビクビクせんようになった」

「で、息子さん、いまは？」

「その子持ちの女とも別れてしもたけど、取っ替え引っ替え女がいて、いまは若い女の子といっしょに住んどるわ。その人が、面倒見てくれてるんやて」

「ああ、それなら安心ね。息子さん、もてるんだね。で、具合はどうなの？」

「電話でしゃべったんよ。ちゃんとしゃべれるし、食欲もあるって」

「だったら、大丈夫だよ。だんだんよくなるよ。なっちゃんだって、ひどい怪我しても、よくなったんだもの」

「そやな。うちよりずっと若いもんなぁ。そやけど、不思議なんやで、怪我したとこが、うちとぴったりおんなじとこなんよ。怪我の仕方もな、そっくり。右腕のここが折れて、骨が飛びだして、右足のお皿が割れてバラバラや。なんかの呪いやろかなぁ。そやな、呪われてるんやな」

「なに言ってるの。そんなことないよ。偶然だってば。呪われるような悪いことした覚え、ないでしょ？」

「そりゃあ、長いこと生きてきたから、うちはそんなつもりやなくても、うちを恨んどる人もおるかもしれんな」となっちゃんは苦笑いした。

「ああ、話したら、胸のつかえがすうっと下りたわ。聞いてくれてありがとね」

「どういたしまして。こちらこそ、大事な息子さんのこと、聞かせてくれてありがとう。早くよくなるといいね」

「そやな」

立ち話なのに、思いもよらぬ壮大なオデッセイを聞かされて、わたしは圧倒されていた。それなのに、なっちゃんは、疲れも見せない。八十歳を過ぎているとは思えない体力だ。なっちゃんという玉手箱の中には、過去の思い出が大変な圧力で凝縮されていて、それが出口を求めているのだろう。小さな穴が一つ空いただけで、思い出がそこから噴出する。

「また来るね。こんど、なっちゃんの作文の載った文集、コピーさせて。全部コピーして、後でゆっくり読みたいの」

「いやだぁ、あんなヘタクソな作文なんか」

「そんなことない、うまかったよ。こんど、晴れたらわたしの事務所においでよ。迎えにくるから。そのとき、文集貸して。わたし、お料理するから、うちでいっしょにごはん食べようね。その間に、なっちゃんの作文、うちのだんなにコピーしてもらうから」

「うちの作文なんて、そんな大層なもんやないで」

「そう言わないで、読ませてよ。晴れそうになったら、電話するから」

「うん、わかった」

なっちゃんは、まんざらでもなさそうな顔をしていた。

買い物に行こうと思っていたが、もう空は暗くなりかかっていた。また天気が崩れそうだし、帰りにはまっ暗になってしまうだろう。自転車のライトも置いてきてしまったから、買い物はあきらめてまっすぐ帰って、ありあわせで夕飯にしよう。

心の玉手箱の中の思いを吐きだして、なっちゃんの「悩み」は、少しは晴れただろうか。そう思いながら、ペダルを踏んで家路についた。

二つの裁判

なっちゃんが来てくれた！

それから数日間、雨が続いた。いまどきの梅雨にはもう、昔のような風情はない。アスファルトに叩きつけて白い水煙を上げる凶暴な雨が降ったかと思うと、晴れ間もないまま、どんよりとした厚い雲から、また豪雨が降ってくる。なっちゃんとの「晴れたら、文集を借りにいく」という約束をなかなか果たすことができなかった。

もういい加減、雨にうんざりした頃、天気予報を見ると、翌日は晴れと出ていた。うれしくなって、なっちゃんに電話をした。携帯番号を交換したというものの、実際にかけるのは初めてだった。

「こんにちは、寮です」

「え、だれ？」

「リョウ・ミ・チ・コ、です」

「はあ？」

なっちゃんは、怪訝（けげん）な声を出した。もう忘れられてしまったのかと、少しがっかりした。

「あのう……ナガミヒナゲシの花を抜いた」

「あーあ。先生かぁ」と、急に声が親しげになったので、ほっとした。

「うちな、いま、不良の友だちに誘われて、カラオケに来てんねん。ほんで、よう聞こえへんねん」

「ごめんなさいね、お楽しみのところ」

「かまへん、かまへん。不良の遊び仲間や」

「文集を貸してってお願いした件、天気予報を見たら、明日、晴れるのでお伺いしたいんだけど」

「ええよ。三時にヘルパーさんがお掃除に来はるから、それが終ればいつでもええよ。うちが文集持って、先生んとこへ行くわ」

「え、持ってきてくれるの？」

「うん。先生の事務所いうん、一度、見てみたいし」

「場所、わかる？」

「わかるよ。交番の向いやろ」

「そうそう。でも、迎えに行くよ」

「そんな年寄り扱いせんといて。近くやし、道も簡単やし」

「重いよ。文集、十二冊もあるんだから」

「そんなもん、自転車に積んだら、なんでもないわ」

「ほんとにいいの？　じゃあ、お願いします。四時に事務所で待ってる。夕飯もうちで食べていってね。近くまで来たら電話して。迎えに出るよ」

「わかった。友だち待ってるから、もう切るよ」となっちゃんは、あっさり電話を切った。

明日は、なっちゃんの初来訪だ。わたしはうきうきして、メニューはどうしようかと、そのことで頭がいっぱいになった。得意のグラタンなら、予め用意しておいて、オーブンに入れるだけでいい。それなら、なっちゃんを待たせる必要もない。まずは鶏肉を買って、今日のうちに塩麹に漬けて、牛乳とバターと奮発して生クリームも使おう。キノコもいろんな種類があった方がおいしい。サラダは彩りよくしたいから、赤と黄色のパプリカもほしいな。

　まだ、雨が降っていたが、わたしは傘を差して買い物に出かけた。

　ところが、翌日、目覚めてみると、天気が思わしくない。しとしと雨が降っている。午後には上がるという予報だが、すっきり晴れることはないらしい。

　わたしは、なっちゃんに電話した。

「もしもし、寮です」

「ああ、先生！」

　よかった。こんどはすぐにわかってくれた。

「きょう、また雨だねぇ。午後には上がるみたいだけれど」

「そやねぇ。天気予報、当たらんなぁ」

「もし午後になっても雨がひどかったら、レンタカー借りて迎えに行こうか」

「そんなおおげさなこと、せんでええよ。合羽(かっぱ)着て自転車でヒューーッと行くわ」

「雨の中、自転車じゃ大変でしょう」

「大丈夫や。文集も、もうビニールに入れて、括ってあるんや」

なっちゃん、来る気満々である。楽しみにしていてくれたのだろう。

「そう。じゃあ、後でね。ねぇ、なっちゃん、わたしきょう、グラタン作ろうと思うんだけど、好き？」

「グラタン？　どんなもんやろ。うちよう知らんわ」

「牛乳とバターで作った白いクリームに、お肉やキノコやいろいろ入れたの」と説明すると、なっちゃんは、軽い叫び声を上げた。

「そんなん、かなわんわぁ。食べつけないもん食べたら、お腹がひっくり返るわ」

「そうかぁ。腕を振るおうと思ったんだけどなぁ。うーん、じゃあ、なにがいいかなぁ」

「中華とかなら、食べつけてるけどな」

「じゃあ、考えとく」

残念ながらメニューは大幅変更だ。材料はあるから、料理法を変えるだけでいい。

事務所には大きなキッチンがある。みんなで集まって懇親会や食事会をするのが夢で、改装したときに作ってもらったものだ。大きなガスオーブンも完備している。

そのオーブンで、まずはケーキを焼いた。なっちゃんとのおしゃべりタイムのためのケーキだ。よく熟したバナナがあったので、干し葡萄と胡桃を入れたバナナケーキにした。材料を混ぜて、オーブンに入れると、事務所中が甘い香りに満たされた。

次は料理の下ごしらえ。中華だから作り置きというわけにはいかないが、材料だけ刻んでおけば、手早くできる。下ごしらえが終る頃には、ケーキも上手に焼けた。こんな甘い香りのする作家の事務所も、そうそうないだろう。

バタバタとテーブルの上を片づけているうちに、携帯が鳴った。なっちゃんだ。時計を見ると、もう四時だった。「いま、行く」と、エプロン姿のまま迎えに出た。

なっちゃんは、大きな籠がついた自転車に乗っていた。籠いっぱいに、文集が詰まっている。

「ああ、ありがとうねぇ。重かったでしょう」

なっちゃんの自転車をわたしが引いて、事務所の前に止めた。なっちゃんは、事務所に入って物珍しそうにあたりを見まわした。

事務所にする前、ここは歯科医院だった。それを全面的に改装して事務所にした。といっても、夫とわたしだけの仕事場だ。仕事には、大した場所は取らない。だから、一番奥に小さな仕事場を設け、診察室だった場所は大きなひとつの多目的空間にした。椅子を並べると三十五人座れる。音響も映像装置も作りつけにした。コロナになる前は、毎月、講師を呼んで勉強会をしていた。終わると、椅子を片づけて、組み立て式の大テーブルを二つ並べ、懇親会を開いた。手料理でもてなす。三十人前の料理を作るので、勉強会の前はいつも徹夜という有様だったが、みんな喜んで食べてくれるのがうれしかった。さまざまな人が親交を深めてくれた。コロナで、それができないのが残念だ。

普段、この空間はわが家のダイニングになる。三食とも、夫と二人でここで食べている。友人たちもよく食べにくる。しかし、コロナになってからは、来客は一度に多くても三人までに制限した。大テーブルを縦に並べて、その端と端での食事会だ。三メートル半も離れているから、心配は少ないだろう。きょうは、そこになっちゃんをお招きしたというわけだ。

来客は、まずは入口のトイレで石鹸で手を洗ってもらい、さらにアルコール消毒もしてもらう。なっちゃんにもそうしてもらった。大テーブルの向こう端に座ってもらったが、

なっちゃんは耳がいいし声も大きいので問題ない。文集は夫に渡してコピーしてもらい、
その間、わたしとなっちゃんとでおしゃべりタイムだ。

「なっちゃんにごちそうしたくて、張りきって焼いたの」

今朝焼いたばかりのバナナケーキを切り分けて、紅茶とともに、なっちゃんに出す。

なっちゃんは、一口食べて、感極まったようにこう言った。

「あらまあ、こんなおいしいもん作って！　商売人が気ぃ悪うするでぇ」

なっちゃん独特の最上級の誉め言葉だ。

「よかった、お口に合って」

「うちは子どもたちには、こんなもん、一度も作ってやったことないわ」

「そりゃあ、なっちゃん、働きづめだったものね。無理だよ」

「子どもがおらんようになって時間がようけあっても、よう作らん。お店でチャチャッと
買った方が楽や」

「そりゃ、そうだよね。一人だったら、その方がいいよね。一人じゃ食べきれないし、
プロが作ったお菓子の方がおいしいもの。そう言えば、怪我をした息子さん、どうなっ

た？」

「お陰さんで、昨日退院したって電話があったわ。労災がトりて、治療費も出してもらえるし、保険もあるからしばらくは大丈夫やって」

「ああ、よかった」

「うん、ほっとしたわ。そやけど、仕事できるようになるまでは、まだ、日にちがかかるみたいや。ほんでも、市立病院で八時間の大手術したうちが、こんなに元気になったんやもん。あの子、若いんやから、きっとようなるわ」

「そうだよ。なっちゃんの子だもの」

「この七月二十五日でな、うち、手術して丸二年になるねん」

「自損事故って言ってたよねぇ」

「そやねん。通い慣れた道やから、油断してたねん。ビッグっていうスーパーに、お茶飲むところあるやろ」

フードコートのことだろう。

「あそこで百円コーヒーが飲めるから、いつも友だちと集まってるねん。百円やから、奢ったり奢られたり、お菓子やたこ焼き買うて分けたりな。話に花が咲いて、楽しいんやで」

ああ、街にはそんな場所が必要だ。老人が気兼ねなく居座って交流できる場所。あのフードコートは、そんな役に立っていたのか。

「なっちゃん。京終（きょうばて）駅に喫茶店、できたでしょう。行ったことある？」

明治の駅舎を改装したとき、洒落（しゃれ）た喫茶店ができた。地元の若者たちが運営している。

「ああ、知っとるわ。でも、あそこには行かん。コーヒーとケーキで千円なんて、年寄りには無理やわ」

「だよねぇ。わたしだって無理」

「そやろ。いつ見ても、人がおるの、見たことないわ。うちら年寄りには、気取った店より、スーパーのコーヒーが、ちょうどええんや。その日もな、『なっちゃん。みんなもう来てるで。あんたも、はよおいで』って電話がかかってきたん。そやから、それ行けとばかりバイクにまたがって」

「えっ。バイクだったんだ、自転車じゃなくて」

あんたら、男前やな

意外だった。なっちゃんがバイク乗りだったなんて。

「そや、うち、バイクをぶんぶん乗り回してたんやで。勝手知ったる道やから油断してたんやな。後ろから車が来たから、避けよう思うて道の端に寄ったら、道路と歩道を区切った石にぶつかってしもてな。ポーンと投げだされたわ」

「やだぁ、危ない」

中途半端な仕切り石が、歩道との境目に飛び飛びに突き出していて、自転車で走っても怖いと思う場所だった。

「救急車が来て『市立行きますか、まっ暗行きますか』って。ぼうっとした頭でまっ暗なとこなんかに連れてかれたらかなわんわ、思うて『市立にお願いします』って。あれ、いま考えたら松鞍病院のことやったんやな。で、市立病院に着いたら、若い先生がぱあっと来はって、手や足を触るやんか。『痛い痛い。触らんといてぇ』って叫んだら『ぼくらはプロや。触らんとレントゲンもなにも撮れないじゃないですか』って叱られて。で、どこかに運ばれて、みんなでうちの服脱がそうとするんや。『痛ぁい、痛ぁい。堪忍してー』って叫びながら、ふと見たら、若い先生ばっかりぎょうさんおるの。ええ男ばっかり。うち、思わず『あんたら、男前やなぁ』って」

噴きだしてしまった。前々から感づいていたが、なっちゃんはかなりの面食いだ。

「ほんで、ハサミで服をジョキジョキ切ってな。お気に入りのブラウスやったのになぁ」

「やだぁ、そんなこと言っている場合じゃないじゃない。大手術だったんだよね」

「そや、八時間の大手術や。あのときはみんな、うちはもう元に戻れん、思うとったわ」

「怪我をきっかけに、歩けなくなって、ボケちゃう人も多いものね。なっちゃんは、すごい回復力だね」

「なにくそ、と思うてがんばったからなぁ。退院するとな、友だちはみんな『なっちゃんは、もうあかんなぁ』って噂してるん。大阪におる息子もな、いつもなら母の日に花と小遣いを送ってくれるのに、その年は花も小遣いも届かん。どうしたんやろって思うてたら、翌日、わざわざ家まで来たんよ。玄関開けたら『おかん、プレゼントや!』って。なんやと思う?」

「なんだろう。わからないな」

「車椅子よ」

「車椅子？」

「そや、玄関に置いてあるやろ」

「ああ、あれかぁ。あれは、車椅子じゃなくて手押し車だよ」

よく老人が買い物に使っているものだ。椅子のところが開いて、中に物を入れられるようになっている。疲れたら、その椅子に腰掛けてひと休みすることもできる。

「いい息子さんじゃない」

「とんでもない。『なんやこんなもん持ってきて。あんたも、うちが、もう歩けん思うとるんか』って怒鳴って追い返してやったわ」

「あらやだ、かわいそう。せっかく心配して持ってきてくれたのに」

「うち、もう、情けのうて情けのうて。息子までそないに思うとるなんて。ほしたら、ムクムクやる気が湧いてきて、絶対歩いてみせるぞーって」

「闘志を燃やしたんだね、なっちゃん。息子さんは、その闘志の火つけ役になったんだ。

結局、役に立ったじゃないの！」

「言われてみれば、そうかもしれんな。そやから、がんばったんや。そりゃもう、一生懸命やったわ。お医者の先生も『その年で、奇跡の回復です』って言うてくれはったわ」

なっちゃんのガッツには脱帽だ。

「そやから、手も足も動くようになったんやで。事故はうちの油断やけど、治ったんはうちの努力の賜(たまもの)や。いまやってほら、こうして左手で右手をマッサージしてるやろ。これもリハビリや。五分も休ませへん。

歩けるようになったらな、口もよう回るようになったんよ。怪我する前の倍はおしゃべりになったわ。そやから、友だちから『なっちゃん、手ばっかり湿布貼らんと、残った湿布は口に貼っとき』って言われるんよ」と、豪快に笑った。「人間、やっぱり、努力やね」

はい、その通りでございます、なっちゃん！　おみそれしました。

「手押し車を持ってきてくれた大阪の息子さんって、三番目の子？」

「そうや、末っ子や。大阪のミナミで、友だちとカラオケ屋しとるんやて」

「へえ、実業家なんだね」

「もうええ歳やけど、独り者や。『おかんも離婚したたし、まわり見たら、よう離婚しとる。ほんまにしあわせな夫婦なんて、おらん。結婚なんてつまらん』言うて、結婚せんの」

「ふうん。独身主義なのか。佐世保にいる怪我した息子さんは、次男坊だよね」

「そや」

「もう一人、養子に行った息子さんも九州って言っていたよね」

「そうやねん。これがいろいろあってなぁ」

おっと、また、なっちゃんの人生劇場の開幕だ。

まさかの捨て子

「あの子は、兄さん夫婦にもらわれていったけど、育てたのは、兄さんやない。兄さんと一緒に暮らしていたうちの母さんや。あの子にしたら、おばあちゃんやな。そやから、すっかりおばあちゃん子になっとった」

「お兄さんのお嫁さんは？」

「自分のお腹を痛めた子やないから、あんまり興味がなかったみたいやね。うちの母さんに任せっきりよ。

兄さんは、事業に成功して、お金持ちになっていたんや。駅の周りが田んぼやった頃に土地買うて、バブルで高うなったときに売ったから、そりゃあもう億万長者やで。ほんで、あの子に欲しいだけお小遣いやって、好きなもん、なんでも買うてやって、甘やかし放題にしたん。そんなんしたら、ろくなことにならんのは、はなからわかっとるわな。案の定、お金のありがたさのわからん子になってしもた。

で、あの子が『店出したい』言うたら、兄さん、お金をポンと出して、駅前に、店出させてやってね」

「なんのお店？」

「スナックや。すると『あの金持ちのボンボンの店や』ってヤクザが集まってきた。あの人らは、うまいことお金の匂いを嗅ぎつけるんやで。砂糖に群がるアリンコみたいにな。常連になって、昼間っからビール飲んで騒いでバクチやって」

「それはまずい」

「気がついたらスッカラカンよ。借金達磨になって、店を畳んだの」

「あーあ。お金持ちだからって、しあわせになれるわけじゃないんだねぇ」

「そうや。それからしばらくして、母さんが亡くなってねぇ。あの子にすれば、育て親やもん、さみしかったろうなぁ。

母さんが生きていた頃は、うちら、世界一仲のいい兄妹やったん。お正月にも、母さんの誕生日にも、毎年毎年、兄さんの家に集まってね。それが、母さんが亡くなったとたん、嫁さんが『もう来ないで』って。お正月も誕生日も、料理の仕度やらなにやらするのが大変やから、もうだれにも来ないでほしいって。

それから、嫁さんのわがままが始まったんよ。嫁さんのお里は京都やったんやけど、おしゃれしてきれいにお化粧して出かけて、友だちに会うておいしいもん食べて、『遅くなったから、実家に泊まるわね』って、戻って来いへんの。そんなことが続いて、兄さんもさみしくなったんやろねぇ。若いホステスさんと仲ようなってしもたんよ。韓国から出稼ぎにきてた娘」

「あら、それはまた難儀な……」

「嫁さんも、自業自得や。だんなをほったらかしにして実家に入り浸ってたツケや。浮気されてもしょうがないわ。

なんの因果か、その嫁さんも、六十ぐらいで癌で亡くなってしもたんや。ほしたら、兄さん、すぐにその若い韓国人の娘と再婚してな。年は二十歳も離れているんやで。ほんで、六十三歳で子を作ったんや」

「へえ！　すごいね。まあ、男の人はいくつになっても子どもを作れるからね」

「そんな歳で子ども作って、恥ずかしゅうないのんかって思うたわ」

「いいじゃない、おめでたい話だし」

「ところがところがよ、めでたくもないの。生まれたのは、女の子。兄さん、その子をかわいがってなぁ」

「初めての実子ってわけだね」

「そや。ほしたら、ある日、うちの郵便受けに、裁判所から手紙が届いたん」

「えっ、裁判所？」

「なにかと思うたら、うちが産んだあの子は、自分の子やないから、籍を抜きたいと」

「はっ？」

「昔は戸籍もいい加減やったしな、あの子、兄さんの実子として韓国の籍に入れとったんよ。それが事実やないから、籍から抜きたいって。実の子ができて、その子がかわいくなったんやろな。若い嫁さんの入れ知恵もあったんやろ。その上、あの子は借金達磨。兄さんにポイと捨てられてしもたんやな」

「そうかぁ、その年になって、捨て子されたのか。いくらなんでも、それは薄情だね」

「そやろ。うち、言うてやったんや。犬や猫の仔をやったわけでもないのに、要らなくなったら返すって、こんな仕打ちは、あんまりやって」

「息子さんも、ショックだっただろうね」

「そりゃそうや。父親やと思うて暮らしてきたんやから。小学校を出る頃には、うちがほんとうの母親やって、あの子もうすうす、気がついてはいたんやけどね。ほんでもショックやろ。そやけど、うちがほんまの母親なんは間違いないし、裁判所では嘘はつかれへん。『わたしがお腹を痛めた子です』って認めたら、籍、抜かれてしもた」

「おやおや」

「そやから、うち、損害賠償求めたん」

「え、損害賠償……なんの？」

「そりゃまあ、いろいろや。ほんとなら兄さんの莫大な財産を継ぐところ、あの子は丸裸で放りだされるんやから、あの子のために少しはもらっても罰は当たらんでしょう。ほんで、うち、弁護士さんに相談して、兄さんに千五百万円請求することにしたん。ほしたら、兄さん、気前よく払うって承諾してくれたんよ。よう考えれば、あの子も悪い。お金のありがたさもわからんと、店を潰して借金達磨になったわけやしね。うちも兄さんに詫び入れて、結局、和解になって、裁判せんでようなった」

「よかったじゃない」

「ところが『あの子が店を出したときに千三百万貸したから、それを棒引きして、残りの支払いは二百万や』って」

「あらあ。財産が絡むといろいろ大変だねぇ」

「籍抜かれて、息子が現金でもろたのは、それっきり。それからというもの、あの子、なにをやってもうまくいかんでな、とうとう、すぐ下の弟のおる九州まで行ったんよ。いろいろ不義理を重ねて、こっちに居づらくなって、逃げたんやろなぁ」

「そうかぁ。自衛隊に入った次男さんのいる佐世保に行ったんだね」

「その頃は、次男ももう自衛隊は辞めてたけどな。あっちで、兄弟仲よう助けあってるみたいやで。次男の怪我のことも、上の子が電話で教えてくれたんやもん」

「そうかぁ。兄弟で助けあっているなら、よかったね。なっちゃんも安心だね」

まさか店子が

「もう一つ、面倒な裁判したことがあったんやで」

「ええっ？」

「一難去ってまた一難や」

ああ、波のように繰り返し襲う苦難！

「なにがあったの？」

「ここの家のことでも裁判せなあかんかった」

「え、どうして？」

「店子（たなこ）たちがな、ここが河川地で、うちに所有権はないって、だれかから入れ知恵されて、不払い運動を始めたんよ」

「あら、やだ。だってここ、なっちゃんが働いたお金を貯めて、一軒一軒手に入れて、きれいに改装して人に貸してきたんでしょう。登記できないからって、それはないよね。だれがそんなこと？」

「それがな、うちの店子よ。『行くところがない』って言うから、同情して隣の借家に安う入れてあげた人なんよ。その人が、そんな話を持ちだして、みんなを仲間に引き入れて」

「ひどい。まさに『恩を仇で返す』だよね」

「いろいろ嫌がらせもされたん」

「どんなこと？」

「その男な、家の前の細い道にな、一斗缶置いて、ボンボン火ぃ燃やしたん。狭い道やから、そんなことされたら、通れへんやろ。家に燃え移ったりしたら、かなわんわ。『危ないから消してや』って言うても『ここはおまえの土地やないやろ。なんの権利があってそんなこと言うんや』って偉そうに。そやから、その人がいんで、火の勢いが弱くなった頃、うち、その一斗缶を川に降ろしたんや。火を消そう思うて。ほしたら、急に出てきて『なにする、このババア。他人のもんに勝手なことしくさって』って。土手の上からうちを棒で突っつくもんやから、手ぇ、怪我してしもた。お医者に行くような傷や」

聞いていて胸が苦しくなった。なんという悪意に満ちた所業だろう。貧しい者が、同じように貧しいけれど自分より少しだけ恵まれた者を妬み、嫉む。それとも、なっちゃんが在日だと知っていて、わざとそんなことをしたのか。肩を寄せあう者同士、互いに助けあえば天国のような場所なのに。こんな小さな世界で隣人を苦しめるなんて、人間は悲しい生き物だ。

「そんなことが続いて、半年も家賃が入らんし、うち、五百円玉くらいのハゲが三つもできたんよ。こんなうちでも、ウツになるんやなぁ。夜も眠れんし、病院に行って眠剤やら安定剤もろて。ほんでも眠れん。ボロボロになって、夜間中学も休むようになってしもた。ほしたら、中学のほうから『そろそろ卒業なさったらいかがでしょう』って言われて、なお落ちこんだわ」

夜間中学は、読み書きを学ぶだけではなく、文字を学ぶ機会のなかった人々のサロンになっている。教師は、頼りになる相談相手にもなってくれる。「卒業」とは、そのコミュニティから切り離されるも同然のことなのだ。

「ほんでうち、担任の先生に相談したんよ、不払い運動のこと。ほしたら『岸辺さん、日記をお書きなさい。せっかく字を習ったんだから、毎日あったことを、日記につけておくんです。そうしたら、後でそれが証拠になりますから』って教えてくれたん。それ聞いて、やっとやる気が起きて、日記をつけはじめたんや。『きょうは窓ガラス割られて、窓から入ろうとされました』とか『石を投げられました』とか。ほら、そこの窓、鉄格子がはまってるやろ。あんとき、大工さんにつけてもろたんや」

「ああ、そうなんだ、それでこんな頑丈な鉄格子が」

居間の窓の外は、すぐに川沿いの小道だ。通る人の姿が透けて見える。用心のための鉄格子だとは思っていたが、まさか、そんなことがあったとは……。なっちゃん、女の独り暮らしで、どんなに恐かったことだろうか。

「ほんでな、上の息子のことで裁判になったときの弁護士さんを自分で雇って、とうとうこっちから、裁判を起こしたん」

「なっちゃんが、自分で裁判を起こしたの？」

「そうや。あんときはな、うちも覚悟したわ。裁判なんか起こして藪蛇（やぶへび）になって『そこはあんたの土地やあらしまへん』って、国から土地も家も取りあげられるかもしれん。店子たちも、そう思うて、うちに強く出たんやろな。そやけど、そのままモヤモヤしとるのはかなわへんわ。そやから、土地取りあげられる覚悟で、訴えたんよ」

「すごいな、なっちゃん」

離婚のときも裁判所に駆けこんだなっちゃんだった。泣き寝入りはしない。法律を味方につけて戦う知恵と勇気がある。

「で、どうなったの？」

「裁判は、うちの全面勝利や」

「わお！　やったね」

「『ここはだれの土地でもないけれど、店子は不動産屋さんを通して契約しているから、その契約に従わなければならない』って。それにな、あの隣の店子は、日記が嫌がらせの証拠になって、『接近禁止命令』いうんが出たんよ」

「ああ！　それはよかった。日記をつけた甲斐があったね」

「ほっとしたわ。騒ぎを起した張本人には、もちろん出ていってもろたけど、不払い運動した他の人にも出ていってほしかったわ。そやけど、弁護士先生が『あの人たちは、首謀者に唆されて不払いをしただけですから、事を荒立てない方がいいですよ。そうすれば、きっといい店子さんになってくれます』って。うち、弁護士先生の言葉を信じて、黙っとった。ほしたら、みーんな、そのまま住んでくれて、いまでは、すっかり仲ようやっとるわ」

「そうなの。よかった。いろいろ大変だったんだね」

そういえば、初めて会った日、なっちゃんは、鎌を持った写真を警察に送られて、さんざんな目に遭ったと言っていた。自転車で通りかかった若い男に「ここは、おまえの土地か、おばはん」と言われたのがきっかけだったと。

なっちゃんは、きっと、その言葉に深く傷ついたのだ。登記できない堤防敷に住んでいることを強く批難されたように感じたのだろう。その男は、もしかしたら彼女の立場を知っていて、わざとそんな言葉を投げつけたのかもしれない。帰化した在日二世で、堤防敷を事実上占有して、代々住みついているなっちゃんへの妬みでもあったのだろうか。

それもこれも、なっちゃんが悪いわけでもなんでもない。彼女が言うように「宿命」を背負わされてきたからだ。差別する人がいなければ、なっちゃんも、なっちゃんの息子たちも、半島の血が流れていることを負い目に思わずにすんだはずなのに……。

子ども商売人なっちゃん

リベンジ・グラタン

なっちゃんを事務所に招いた二日後、珍しくなっちゃんの方から電話がかかってきた。

「先生、いまから遊びにいってもええかなぁ。うち、暇で暇で」

うーん、急に言われても……しかも、まだ真昼だ。

「ごめん、仕事があって。でも夜には友だちが来るから、なっちゃんも来ない？」

「行ってもええのん？」

「もちろん。七時頃に来て」

「ほんじゃ、その頃行かしてもらうわ。一時間だけ、一時間だけにするから」

「そんなこと言わないで、ゆっくりしてってよ」

というわけで、なっちゃんがまた来てくれることになった。そうと決まると、ちょっとうきうきする。仕事を早めに切りあげて、来客のための料理をした。

友だちというのは、山本伸樹さん。電話ボックスの中で金魚が泳いでいる作品「メッセージ」を作った福島の現代美術作家だ。奈良に来たときには、いつもわが家に泊まってもらう。彼の好物は「グラタン」。なっちゃんからは「そんなハイカラなものを食べたらお腹がひっくり返る」と拒否されたけれど、先日の食べっぷりを見たら、問題なさそうだ。作れば、きっと気に入ってくれるだろう。よし、きょうはリベンジ・グラタンだ。

暮れかかった頃、スーツケースをゴロゴロ引っぱった作家と、自転車のなっちゃんがほぼ同時にやってきた。

「先生、これ飲んで」

なっちゃんは、缶ビール半ダースになぜかポカリスエット、それにヤクルトまでおみやげに持ってきてくれた。おつまみのお煎餅まである。

「気を使わないでよ。手土産なんかいらないのに」

「一時間だけお邪魔するわ。お客さんなのにごめんね」

「いいのよ。みんなで食べた方がおいしいから」

「それから、これ。コレラで出かけられへんから、家の掃除をしてたら、見つけたん」

そういって、なっちゃんが差しだしてくれたのは、原稿用紙の束だった。かなり古い物らしく、紙も黄ばんでいる。

「これな、うちが昔『朝起き会』いうところに行っていた頃に書いた演談の原稿や」

「『朝起き会』なら知ってる。朝ものすごく早く集まる勉強会でしょう。前に講師に呼ばれたことがあったけど、わたし、朝が弱いから、参ったわ」

「さすが先生やなぁ。朝起き会でもお話、しはったんやなぁ。会員も順番でみんなの前で話すんや。そんときの原稿なん。暇なときに読んどいて」

「ありがとう。後でゆっくり読ませてもらうね」

うれしかった。なっちゃんが自分から持ってきてくれるなんて。

そこへ「先生、野菜いらんか」と、趣味で農業をしている年長の友人がやってきた。本業はトギタニ建設の社長だが、お客さんが歳を取って耕せなくなった田んぼを引き受けて、減農薬での米や野菜作りをしている。といっても、本人ももう七十だ。彼も急遽参加することになった。

新鮮野菜のサラダとグラタンで、夕食会が始まった。現代美術作家、建設業兼農業の友人、そしてなっちゃん、わたしと夫。わたし以外には、互いに接点がない人々の夕食会だ。こんなことが、うちでは頻繁にある。

コロナ騒動のまっただ中。テーブルを二つ、縦長に並べて、端っこと端っこに座った。まるで、映画に出てくる大富豪の邸宅の晩餐会のようだ。

話し始めると、すぐになっちゃんが話題の中心になった。例の、芸妓のまねごとをさせられたときのことを、身ぶり手ぶりを交えて話しだす。個性の強い男たちも、口をはさむ隙もない。

「なっちゃん。そのときの都々逸、歌ってよ」

わたしがそうせがむと、照れながらも一つ披露してくれた。

「いい声ですねぇ」

お世辞ではない賛辞が飛ぶ。なっちゃんは「宴会の盛りあげ係」としてよく呼ばれると言っていたが、さもありなん。みんな大笑いだ。

「うちは、学はないけど、小さい頃から、生活の知恵だけはあったんやで」と、なっちゃんお得意の昔話絵巻が始まった。

春日のお山で

「家が貧しくてなぁ。すぐ下の弟がかわいい盛りに亡くなってしもて、父さんは人が変わったように酒飲みになってよう働かんし、母さんが内職をしてもなんぼにもならへん。いつもお腹空かしてた。油阪の母さんの知り合いの家まで、うちが、お米借りに行ったことも何度もあったわ。

あの頃は、薪（まき）でお米を炊いてたん。その薪を、買わなあかん。そやけど、お米を買うお金もないねんから、薪を買うお金なんか、あるわけないやろ。近所も似たようなもんや。で、近所のおばちゃんたちが、五人ほど連れだって。薪拾（たきぎ）いにいくんや」

おっと、これは初耳だ。

「どこまで拾いにいくの？」

「春日のお山に」

「えっ、春日山原始林？」

「まぁな」

「でも、あそこは、ご禁制の森でしょう」

春日山原始林は春日大社の聖域。古来から狩猟も伐採もキノコ採りも禁止されている。もちろん、薪拾いだってダメだ。しかし、戦争末期から終戦後にかけて、そこで薪取りをした人も少なくなかったという。それどころか、奈良では神の使いとされていた鹿まで食料にされ、終戦直後には七十九頭まで減ってしまったこともあった。

「そや、ご禁制の森や。あかんわなぁ。あかんとわかってても、そこで薪拾いせんと、どうしようもない時代やったんや。大変やったで。監視員がおってな、その目を盗んで、拾ってこなあかん。うち、学校に行かんと家におるから、おばちゃんたちが、薪拾いに誘ってくれたんよ」

「いくつぐらいのとき？」

「小学校二年か三年くらいのときやったかなぁ。何遍かに一度は、監視員に見つかってしもて、拾った薪、全部そこに捨てさせられるん。悔しかったなぁ。やっとの思いで拾った薪を捨てるんわ」

ああ、似たような話を聞いたことがある、と思いだした。わたしの父は終戦時十七歳。父の父親も兄も戦時中に亡くなり、母親と病弱な妹二人の暮らしが、十七歳の少年の双肩にずっしりとのしかかった。戦後の混乱の中、やっとの思いで手に入れた闇米を憲兵に見つかって取りあげられた悔しさを、父は繰り返し、わたしに話してくれた。

なっちゃんも、きっと同じ気持ちだったのだろう。

「悔しゅうて悔しゅうて、ほんで、うち、ある日、いいことを思いついたんや」

「なに?」

「ノコギリを持っていったん。バッサリ伐ったろ思うて」

「えっ。それはちょっとまずいんじゃ……」

「そりゃ、まずいわ。さすがに取りあげられて、『なんちゅう末恐ろしい子や。あんたなんか、もう連れてってあげへん』って。それから、二度と誘ってくれへん」

「当たり前よ」

「でも、薪がないと困るやろ。ほんでな、うち、考えたん。おばちゃんたちを見てると『ああ、きょうはみんなで薪を拾いに行くな』ってわかるん。ほしたら、まずフミコちゃんいう農家の子のところに遊びにいってな、『フミちゃん、乳母車ごっこせえへん?』って誘うん。農家には荷車があるやろ。そこにフミちゃん乗せて、うちが引っぱって、春日の森の入口のところまで行くんや。フミちゃん、大喜びや」

「そりゃあ、楽しいだろうねぇ、引っぱってもらったら」

「そのうち、道の上の方から、おばちゃんたちが泣きもってやってくる。手ぶらや。監視員に見つかって、薪を捨てさせられたんや。うちら、荷車を草むらに隠して、主婦たちがいなくなるまで、じいっと息をひそめてる。

　みんな行ってしもて、監視員も帰ってしもたら、さあ、うちらの出番や。フミちゃんと荷車押してって、そこらに投げてある薪、みいんな拾って持って帰るん」

「なんたる悪知恵！」

「生きていくための生活の知恵や。そうやって持って帰った薪を、家の脇に積んどくやろ。ほしたら、おばちゃんたちが『ごめん。薪分けてくれへん？』ってやってくるんよ」となっちゃんはおかしそうに笑う。「うち、売ってあげるん。燃料屋さんの半分くらいの値段で。飛ぶように売れたわ。ほいでな、母さんに『はい、これでお米買って』って渡したん。子どもやったけど、ずいぶん家計を助けたんやで」

「あきれた。たいしたもんだねぇ、なっちゃんは」

国鉄奈良駅

「あの頃は燃料がなくて、国鉄の奈良駅に、よくコークス拾いにいったわ」

「コークス?」

「汽車が走ってきて、駅で石炭の燃え殻を捨てるんよ」

本物のコークスではなく、石炭の燃え殻をそう呼んでいたようだ。

「あれは火力が強くて長持ちして、重宝したわ。うちは小さくてはしこいから、さっさと大きくてええのん、拾うやんか。ほしたら、またおばちゃんたちに憎まれるん。十歳ぐらいでね、髪が長かったん。その髪をここところでくくってね」となっちゃんは、両耳の上を示した。二つ結びだ。「ここにいつも赤いリボンを結んでたん。貧乏やったけど、おしゃれやったんやで」

「かわいかっただろうね」

「まだ子どもやからね、そりゃ、かわいいわ。ほんでな、汽車が来ると大きく手を振って『おかえりなさーい』って運転手さんや車掌さんに愛嬌振りまくん。ほしたら、運転席から手を振ってくれてね。うち、ボタ山に上って、てっぺんで流行の歌、歌ったりしてね。

そのうち、覚えてくれて、向こうから『おーい、ひばりちゃーん、元気かぁ』なんて呼びかけてくれるようになったたん」

「ひばりちゃんって、美空ひばりのこと？」

「そやそや。ほしたらある日、窓からドサッと大きな袋を投げてくれたん。見たら、コークスがいっぱい詰まってた。うちのために、用意しとってくれたんやね。うれしゅうてうれしゅうて。

でも、重くてとても一人では運べんでしょう。兄さんを呼びたいけど、あの頃は、携帯電話なんてないから、袋のそばでじーっと待っているしかない。離れたら、だれかに持っていかれてしまうからね。

暗くなった頃、兄さんが自転車で迎えにきてくれるん。近所の人に『妹を見なかったか』って聞くと『ああ、あの子なら国鉄の駅でコークス拾ってたで』って教えてくれるから、来てくれるんや。よく兄さんの自転車の荷台にコークスの袋積んで帰ったわ」

すごいななっちゃん。その年で「愛らしさ」を武器にすることを知っていた。

草の罠

「遊ぶのだって、ただ遊ぶんやないで。おかずを採りに行くんよ。あるとき、なかよしの三人組から、遠くの田んぼまで、タニシとセリを採りにいこうって誘われたん。いっしょに行って、たくさんタニシやらセリやら採ってな。ほしたら、急に天気が悪（わろ）なって、ピカーッと光って雷が鳴ったんよ。三人組は『きゃーっ』って叫んで、なにもかもほっぽり出して逃げてしもたん、うち一人残して。

うちは、どんなに恐くても逃げられへんわ。せっかくのタニシやセリ、ほっぽり出して帰られへんもん。晩のおかずやもん。大粒の雨が降ってくる中、うち、みんなが放り投げたタニシやらセリやら集めてな、一人でずぶ濡れになって帰ってきたん。自分の分と合わせて、四人分やもん。重うて重うて」

「それはかわいそう。で、その戦利品は、どうしたの？」

「みんなの家を回って、届けてあげた」

「え、独り占めしなかったの？」

「するわけないわ。友だちやもん」

「うわぁ、えらいなぁ」

「みんなはな、その後も、なんでもなかったみたいな顔してまた遊びにくるん。ほいで、また、あの遠くの田んぼに行こうって誘うんよ。

うち、ほんまは嫌やった。また、あんなことがあって、一人で置いていかれたら、かなわんなぁ思うて。でもな、どしても行こってうんと誘われて、とうとう断りきれんで、また行ってしもたん」

「なっちゃんでも、そんな気弱なところがあるんだ」

「あるんよ。でな、気が進まんから、後ろからとぼとぼ歩いていくやろ。前の方を、三人は楽しそうにおしゃべりしながら歩いていくやんか。ほいで、うち、思いついて、あの子らに気づかれんように、そうっと屈んで、草を結んだん」

なっちゃんは、手で草を結ぶ仕草をした。

「ここに一つ。こっちにもう一つって。いくつもいくつも、結んだん」

「それ、草の罠(わな)だね」

宮澤賢治の童話「茨海(ばらうみ)小学校」で、狐の子どもがいたずらで野原に仕掛ける罠だ。わたしは本で読んだことしかない。

「そや。ほいでな、タニシやらセリやら採ってたら、案の定、雷や。みんなまた『きゃあ』って駈けだしたんやけど、こっちで一人パタンと転び、その先でまた一人パタン。起きて走っても、またパタン」

「やーだ、なっちゃんの思う壺だ」

「そやそや。その間に、急いでタニシやセリを拾ってな、みんなに追いついたん」

「追いついた？　で、拾ったものは？」

「みんなに渡した。一人で持って帰るの、重いもん」

「ってことは、置いていかれるのが、嫌だったってこと？」

「そうや。一人で置いていかれんよう、罠をしかけたん。それも、自分で考えだしたんやで。だれにも教わらんと。賢いやろ」

「うん。すごいなぁ」

薪を横取りして売りつけるしたたかさと、友だちに置いていかれたくない少女らしい気持ち。その二つがなっちゃんに同居している。その頃のなっちゃんに会ってみたい。

アメリカの兵隊さん

「うちが奈良に疎開して、じきに戦争が終わったやんか。街に下りてきたら、アメリカの兵隊さんがおるん。奈良ホテルは進駐軍に接収されとったしな、市立病院の向こう、いま女子大附属の中高があるところは、米軍のキャンプやったんやで。

アメリカの兵隊さんに『ハロー、ガム』って言うと、ガムやらチョコレートやらいっぱいくれたわ。その頃、そんなお菓子はアメリカ兵しか持っとらへん。うちはそのお菓子を弟や妹に分けてやってな。弟や妹、どれだけ喜んだか」

「薪を拾ってお米代を稼ぐし、お菓子をもらってきて弟妹（きょうだい）のおやつまで手に入れて、なっちゃん、親孝行。たくましかったねぇ」

「子どもの頃は、たくましかったわ。父さんがお酒ばっかり飲んで働かんかったから、うちが亭主代わりにしっかりせなあかん、って子ども心に思うてたんやなぁ。あの頃の母さん、泣いてばっかりやったから、かわいそうで」

なっちゃん絵巻は、まだまだ続く。

「なかよしにミサコちゃんいう子がいてな、戦争でお父さん亡くして、お母さんとお姉さんとの母子家庭やった。四畳半二間の小さな借家に住んどってな。そのミサコちゃんのうちに、アメリカの兵隊さんがよう出入りしていたんよ。まっ黒い人やらもいたわ。あんな狭い家に、なんで兵隊さんがようけ来るんかなぁって思うてた。

そこの家で遊んでいると『あんたら、外で遊んどき』って、ゴザ持たされて、家から追いだされるん。ほんで、玄関先にゴザ敷いてミサコちゃんと遊んどっても、気になって仕方ないやんか。隙間から覗いていたら、ガラッと戸が開いて、お姉さんが顔を出さはったん。叱られる、思うたら、お姉さん、『ああ、なっちゃん、ちょうどよかった。ちり紙、買うてきて』って小銭を渡してくれたん。使い走りをすると、お小遣いをくれたんよ。

それから、お姉さんのお使い、するようになってな、ずいぶんお小遣い稼いだわ。あの頃は、みんな貧しかったから、お便所で使う落とし紙も、新聞紙を揉んで使うたもんよ。それなのに、ミサコちゃんのお姉さんは、いっつも、まっ白でやわらかい化粧紙を買うてきてって言うん。小さな家に住んどるのに、贅沢しはるなぁって思っとった。

うちは子どもやったから、あの頃はわからへんかったけど、いまならわかるわ。ミサコちゃんのお姉さん、パンパンしてはったんやろなぁ。アメリカ兵に抱かれて、生計立ててたんや。そやから、ごわごわの新聞紙なんて使えんかったんやね」

美しい古都の風情の残るこの街に、そんな時代があったのだと、改めて思った。事務所のすぐそばに昔、小さな旅館があり、占領軍の兵士とパンパンのための宿だったと聞いたこともある。戦争は、すぐそこに地続きにある。なっちゃんの家族は、その戦争に翻弄されて、この街に漂着したのだ。

それからも、さまざまな楽しい会話が続いた。客人の男性陣は、すっかり聞き役だ。一人は「お先に」とかなり前に帰っていた。気がつくと十一時近くだ。

「あら、もうこんな時間。ごめんな、先生。一時間だけ言うたのに、つい調子に乗って。堪忍してや。うち、帰るわ」

「楽しいお話、ありがとう、なっちゃん。でも、ちょっと酔っぱらっているでしょう。自転車じゃ危ないよ。わたしが自転車引っぱっていってあげるから、歩いていこう」

「いらんて。大丈夫や。すぐそこやもん。先生、心配せんといて」

押し問答の末、なっちゃんは強引に自転車に乗って帰っていった。わたしは、街灯に照らされるなっちゃんの後ろ姿が小さくなるまで見送った。帰りつく頃、電話をしてみると、ちゃんと家にいたので、ほっとした。

「なんや、先生、心配してくれたの？　ありがとね。一時間って言うたのに、ごめんね」

「楽しかった。みんなも楽しんでくれたよ」

現代美術作家は「いやぁ、すごく元気なおばあさんだなぁ。こっちも元気をもらいましたよ」としきりに感心していた。

「さて、静かになったところで、もう一杯、飲みましょうか」

そう誘うと、彼は「いいですね」と即答した。間接照明にして、低い音量でジャズを流し、日付が変わるまで夫と三人で、静かに語りあった。なっちゃんのいるときとは、まるで違う時間だ。

なっちゃんは、いつだって、小さくておしゃべりな太陽みたいだ。

なっちゃんの初恋

バラックの箱入り娘

翌日、芸術家は福島へと帰っていった。

その次の日には、京都在住のフランス人が、わたしの友人とともに事務所にやってきた。アイヌ文化に興味があるといい、アイヌ関連の本を何冊も出しているわたしに会いたいと訪ねてきてくれたのだ。

その三日後には、レンタカーを借り、珍しく夫と高槻までドライブをした。戦国武将の松永久秀の肖像画が新たに発見され、博物館に特別展示されていたからだ。久秀は、東大寺の大仏殿を焼討ちしたことになっていて、奈良では極悪人扱いだ。最期は、信貴山城に立てこもり、織田信長が喉から手が出るほど欲しがっていた茶道具の「平蜘蛛の釜」に爆薬を詰めて抱き、釜とともに爆死したという凄まじい伝説もある。

夫の苗字は松永で四国は丸亀の出身。奈良に移住した頃、その名を言うと、必ずといっていいほど「久秀の子孫ですか」と冗談まじりで聞かれた。夫は笑いながら「まさか」と否定していたが、実は関係があるらしいと最近判明した。遠縁の人が、丸亀の名所にもなっている松永家墓所の石碑を解読し、松永弾正久秀十三代目の子孫と刻まれているのを発見したからだ。夫は、そこからさらに六代を経ているので、十九代目の子孫ということになるらしい。新しく発見された松永久秀の肖像画が新聞に発表され、あまりにも夫にそっくりなので笑ってしまった。そこで、実物を見に行こうということになったのだ。

現物の掛軸の絵をまじまじ見たが、確かに頬骨の張り方、鼻の形、切れ長の一重瞼など、驚くほど夫に似ていた。久秀と同じ時代を生きた織田信長の子孫が、オリンピックのスケート選手になったが、彼も、遠い時代を経ているのに、なぜが、古い時代に描かれた信長の肖像画に瓜二つだ。DNAの仕業とはいえ、相当に薄まっているはずなのに、不思議なこともあるものだ。祖先がだれだったのかなど、いまを生きる庶民にはなんの関係もないが、それでもどうしても気になってしまうから、おかしなものだ。

だけど、なっちゃんは違った。「昔、いい家柄やったなんて、なんの意味があるん。よその国に来て、貧乏して、なんの関係もないやんか。父さんや母さんが、家柄家柄って言うんが、うち、ほんま、嫌やったわ」と徹底的にサバサバしていた。

そんなこんなで、わたしはなっちゃんの「演談」の原稿を読みそびれていた。一段落して、繙（ひもと）いてみると、いきなりこんなタイトルが目に飛びこんできてどぎまぎした。

「女が男に抱かれるとき」

一　お金で抱かれる女
二　子どもを産みたくて抱かれる女
三　男と遊んで自分の女を満たすだけの女
四　愛して愛して抱かれる女

なるほど。そこから、なっちゃんの自己分析が始まる。なっちゃんから聞いた苦難の人生が凝縮して描かれ、こう書かれていた。

いま思えば、楽な道がいっぱいあったのに。もっとチャランポランな女になって、

嘘が言えて、タヌキになって、口先だけで舅も姑もだまして、いい嫁のふりができればよかったのに。いつも一生懸命だった。一生懸命がみんな裏目に出て、一人で背負ってきてしまった。だから、こんど、また女に生まれたときは、もっとかしこい、ずるい女になろうと思うわたしである。

なっちゃん……そんなふうに思っていたことがあったんだ。日付を見ると、いまから四半世紀ほど前のもの。五十代半ばのなっちゃんの気持ちだ。字を覚えはじめたなっちゃんが書いた文章だ。胸に痛い。

「わたしの青春」という原稿もあり、そこには、まだくわしく聞いたことのない「結婚前に好きだった日本人男性」のことが書かれていた。

わたしの家は貧しかったのですが、その割にきびしい家庭でした。わたしが年頃になると、父親は異常なくらいわたしにきびしく、うるさくしました。韓国の青年が、幾人も家に来て、わたしを外に連れだそうとしましたが、父はがんとして許しません。わたしは、小さなバラック作りの家に閉じこめられた箱入り娘だったのです。

元気いっぱいで破天荒ななっちゃんが「箱入り娘」だったとは！「父さんは朝鮮の貴族の出で、とても誇り高かった」とは聞いていたが、ようやく納得がいった。男女関係にことさらにきびしい人だったのだろう。家計を支える、たくましくてやんちゃななっちゃんでさえ、思春期になると、すっかり「箱入り娘」にされてしまった。朝鮮は儒教の国だから、目上の人や父親に逆らうことなど、考えもつかなかったのかもしれない。

そんななっちゃんが十八歳になった頃、思いがけず外泊の機会がやってきた。老舗(しにせ)旅館で働いている友人の江美ちゃんから、泊まりこみのアルバイトに誘われたのだ。江美ちゃんは、幼い頃に両親を亡くしておばあちゃんと二人暮らし。同い年の仲間の中では、一人大人びた子だったという。

「有名な歌手の人が来て一週間滞在するの。人手が足りないから、一週間だけ、泊まり込みで働いてくれない？　なかよしの聖子ちゃんもいっしょよ」

その歌手とは、フランク永井。当時、「有楽町で逢いましょう」が大ヒットして、一躍スターダムにのしあがっていた。年頃の娘なら、当然、心ときめく話だ。しかし、きびしい父親は首を縦に振らない。しかも、ちょっと危険な匂いのする江美ちゃんの誘いだ。絶対に無理だとあきらめかけたとき、偶然がなっちゃんの味方をしてくれた。

兄の学校の担任の先生が、その旅館のご主人の弟さんだったのです。先生は、その話を聞いて、わざわざ家まで足を運んで、父を説得してくれました。お陰で、わたしは江美ちゃんと、それからもう一人、仲よしの聖子ちゃんと三人で、旅館に泊まり込みのアルバイトに行けることになったのです。わたしはうれしくてうれしくて、旅行にでも行くような気持ちで、荷造りをしました。若い女の子ばかりの、かしましくて華やかな三人組でした。

やがて、フランク永井が奈良にやってくる日が来る。奈良中、蜂の巣をつついたような騒ぎになった。彼は数日、その旅館に滞在したが、なにか機嫌を損ねる出来事があったらしく、突然、東京に帰ると言いだした。

出発までにはまだ時間があるというので、わたしは、玄関でフランク永井さんの靴を一生懸命に磨いていていました。小さなかわいらしい靴でした。すると、突然、フランク永井さんがわたしの目の前に現われたのです。ひどく機嫌が悪そうな険しい顔をしていましたが、ピカピカに磨かれた靴を見て「ありがとう」とわたしに微笑んでくれました。そして、なんと手を差しだして握手をして、その上、お金まで包んで渡してくれたのです。

十八歳の少女にとっては、天にも昇るような出来事だっただろう。しかし、場面はすぐに暗転した。フランク永井が去ると、仲居さんが飛んできて、なっちゃんがもらったお金を取りあげ、こう叱りつけたのだ。

「あなたがなにをしたっていうのよ。ただ靴を磨いただけでしょ。そんなに靴を磨きたかったら、ここにあるお客さんの靴、一足残らず、ピカピカに磨きなさいっ！」

しょげかえるなっちゃんを慰めてくれたのは、旅館の主人に信用されている働き者の青年だった。いわゆる丁稚さんだ。女の子三人組は、この青年にかわいがられ、「お兄ちゃん」と呼んでなついていた。やがて約束の期限が来てアルバイトが終わった。宿の主人は、気前よくバイト代をはずんでくれた。バイトが終わってからも、お兄ちゃんとの交流は続く。江美ちゃんと聖子ちゃんは、よくお兄ちゃんの車でドライブに連れていってもらった。しかし、なっちゃんは父親がきびしいので、いっしょに行けない。

さみしい思いをしてたら、二人が「お兄ちゃん、あなたの顔も見たいって。こんど、いっしょにドライブに行こう」と誘ってくれました。そして、わたしの父に「いっしょに映画に行く」と嘘を言って、誘いだしてくれたのです。初めてのお兄ちゃんの車。唄ったり、ボートに乗ったり、みんなでお兄ちゃんに好きなだけ甘えました。

まばゆい青春の一ページ。初めてのドライブは、なっちゃんにとってどんなに輝かしい一日だっただろうか。

その頃、なっちゃんは蚊帳(かや)工場に勤めていた。奈良は昔から蚊帳の産地なのだ。ドライブから数日すると、工場のなっちゃんに電話がかかってきた。お兄ちゃんが、会いたいと言ってきたのだ。それから、毎日のように電話が来る。なっちゃんには自由がない。会ったことがバレたら、父親からどんなに叱られるかわからない。

それでも、とうとう堪らなくなって、なっちゃんは、旅館のお兄ちゃんのところに会いに行く。お兄ちゃんは大歓迎をしてくれて、お茶やお菓子を出してくれた。

「仕事が休みの日に、二人で海に泳ぎに行こうね」と言ってくれる男のやさしさ。

二人きりになった部屋のわたしは、急にこわい父の顔が浮かび、立ちあがって「家に帰る」と言った時、お兄ちゃんはわたしを抱きしめ……キスをした。驚いたわたしはところ構わずお兄ちゃんに噛みつき、「わたし朝鮮人よ」と言って、逃げ帰った。好きで好きで堪らないくせに、泣きながら帰っていった。

その後、お兄ちゃんからの電話はパタリと途絶えた。わたしは、遠くからこっそり、お兄ちゃんの姿を見ることしかできなかった。逢いたさを堪えた胸の痛み。初めて恋の苦しさを知った。

それがなっちゃんの初恋だった。切ない幕切れ。お兄ちゃんが二度と電話を掛けてこなくなったのは、なっちゃんに噛みつかれたからなのか、それとも「朝鮮人」と告白されたからなのか。

お年頃のなっちゃんの家には、その後も朝鮮人の青年が次々に訪れる。きびしい父親は、みんなはねつけたが、一人だけ、懲りずに毎日通ってくる青年がいた。なっちゃんもだんだん心を寄せて、奈良公園で、生まれてから二度目のキスを経験する。「お兄ちゃんと違って、ニンニク臭かった」と作文にはあった。なっちゃんはこのときも、恐い父親の顔が浮かんで、泣きながら逃げ帰ってしまう。「なにがあったの?」と母親に問われたなっちゃんは、事実をあるがままに話してしまう。女同士だからわかってくれるはずだという思いもあり、また、相手が朝鮮人だから認めてもらえるだろう、とも思ったのだ。ところが、母親はあわてて父親に相談。「悪い虫がつくまえに結婚させよう」と、あれよあれよという間に婚約が整い、結婚させられてしまった。
それがあの、最初の結婚だ。父親の眼鏡違いだった。なっちゃんはさんざんな目に遭って、息子を抱えて奈良に戻ってきた。

わたしは悲しい気持ちをいっぱいに抱いて、幼なじみの聖子ちゃんに会いにいった。聖子ちゃんは、気が触れていた。わたしがいない間に、聖子ちゃんに一体どんな悲しいことがあったのだろう。聖子ちゃんは、外の水道の蛇口を外し、水を空高く舞いあげ、その水にずぶ濡れになりながら、大きな声で笑ったり怒ったり怒鳴ったりしていた。わたしは、なおさら悲しい気持ちになった。江美ちゃんは、行方知らずになっていた。なにがあって、どこへ行ってしまったのだろう。

きらめく少女時代を過ごしたなかよし三人組の三人ともが、それぞれ過酷な運命を歩んでいた。なっちゃんは、作文の最後をこう結んでいた。

過去のわたしは、なんてウブで世間知らずの女だったことか。時の流れは速いもの……もうすぐ六十歳まぢかだ。夢にも思わなかった人生を歩き、バカな自分にあきれている。もう人からかわいいと言われることもなく、知らず知らずに、強い強い女になっていた。

そんなわたしも、夜間中学に行ってから、少し字が書けるようになった。学校に行ってから、自信もついて、人生が変わってきた。

こんど生まれる時は、かしこい女に生まれ、世界一しあわせな女になろう。

なっちゃん、なっちゃんはいまでもかわいいよ、そして賢いよ、とわたしは心の中でつぶやいた。こんど会ったときには、なっちゃんを変えたという夜間中学の話を、ぜひ聞かせてもらおうと思った。

夜間中学

恩師との電話

やけに強い雨が降りつづく長い梅雨が終わったと思ったら、ひどく暑い夏がやってきた。まさに猛暑だ。午前中から気温三十度超えは当たり前。昼は四十度に近づいて体温より高くなる。まるで地球が熱を出しているようだ。日が沈んでも一向に涼しくならない。夜風も熱風のままで、三十二度もある。それなのに「あ、涼しくなった」と感じる自分がいて驚く。人間の適応力は恐ろしい。

コロナ禍の日々はまだ続いている。そんな中のお盆休み。この春、政府が「緊急事態宣言」を出したときよりも、ずっと感染者数が多いのに、「ＧｏＴｏトラベル」政策が実施され、ならまちは命知らずな人々で溢れかえった。事務所の向いにある観光駐車場も、いつも満杯だ。

駐車場の奥の木立では、夜明け過ぎから昼前まで、クマゼミが大音響で鳴いている。うるさいとは少しも思わない。居ながらにして大自然を浴びている気分だ。あれだけ鳴いているのなら、きっと抜け殻も見つかるだろうと、夜明けに見に行ったが、なぜか一つも見つからなかった。

狂った構図の絵を見せられているような夏。夜間中学のことを聞きたくて、なっちゃんに電話してみた。

「先生！　なぁんだ、もっと早く電話くれればよかったのに。コルナやから、我慢してずっと家におって草むしりしてたんやけど、いよいよ息が詰まって、さっき行き先も決めんとタクシー拾ってな、とりあえず不良友だちの集まる店に行ったんやけど、なんと今日はお休み。ほんで、タクシーの運転手さんにあちこち回ってもろて、やっと、東九条（とうくじょう）の一杯飲み屋に落ちついたとこ。タクシー代、二千六百円も払ってしもたわ」

「あら、散財だったねぇ」

「先生のとこに行けばよかったなぁ」

「そうだよ。電話くれればよかったのに」

「なんか用？」

「夜間中学の思い出話、聞かせてほしいの」

「ええよ。じゃあ、明日行くわ。いい？」

「もちろん歓迎よ」

「明日は午後四時までリハビリやから、終わったらそのまま行くわ」

「海老蔵先生のところだね」

「そや」

「わかった。明日は、うちで夕飯食べていってね」

「ありがとう。あのな、うちな、夜間中学の先生とは、いまも電話で話す仲やねん」

「あら、交流、ずっと続いているんだ。いいねぇ」

「先生はとっくに定年で学校辞めはったけどな。いまは自閉症の子の親の会を作って、がんばってはるねん。娘さんが、自閉症やったから」

「ああ、それ、なっちゃんの作文で読んだ」

なっちゃんが、裁判沙汰で五百円玉ハゲができるくらい悩んでいた頃、その先生が「苦しいのは、あんただけやないで」と言ったという話だった。

「わたしの家じゃあ、妻がヘルメット被って暮らしとる。岸辺さん、なんでやと思う？　うちの子が自閉症で、ひどく暴れるからや」

なっちゃんは、先生にそう言われて驚く。尊敬する先生でも苦しみを抱えている。苦しいのは自分だけじゃない。自分だけが差別され苦しめられていると思いこんでいたなっちゃんの目が開いた瞬間だった。

「いつか、その先生となっちゃんといっしょに、ごはんでも食べたいなぁ。その先生に、なっちゃんの在学時代のこと、聞いてみたい」

「あの先生は、自閉症の会の会長さんのお仕事で、えらく忙しそうやから、しばらくは無理かもしれんなぁ」

「そうなんだ。電話ででも話せたらいいんだけど」

「ほしたら、いま、先生に電話しよか」

なっちゃんは、酔った勢いでそう言ってくれた。

「バイクで怪我してからすっかりご無沙汰してしもて、元気になったたって電話せなあかんと思うてたところや」

「ああ、それなら、お願い。わたしが、なっちゃんのこと聞きたがってるって伝えて」

そんなわけで、なっちゃんはすぐに電話をして、折り返し電話をくれた。

「先生、いまなら時間あるっていうから、すぐかけてみて」

お陰で、わたしはなっちゃんの恩師と電話越しに話すことができた。

「ああ、岸辺さんね。まっすぐな人でねぇ。あんまりまっすぐだから、人とぶつかることもありましたが、根はやさしいし、いじわるな心は一ミリもないすばらしい人です。先生と生徒、という間柄ではなくて、人生の先輩です。もっとも、当時、夜間中学にいらっしゃる方の多くは、わたしより年上で、だから、みんなが人生の先輩で、そこでは、わたしの方がいろいろ教えられました」

先生は、なっちゃんの実行力についても感嘆していた。

「岸辺さんは字が読めないのに、夜間中学に入る前にバイクの免許、取っていたんですよ」

「ええ！　そうなんですか。すごいですね」

「字が読めない人って、ものすごく記憶力がよかったりするんですよね。彼女もそうでした。どうにかして、試験問題を丸暗記したんじゃないでしょうかね。大した人です。

ところで、あの人の住んでいるところのことは、聞いていますか？」

「はい。堤防敷に借家を持っているって。不払いがあったときに、先生に励まされて日記を書いて、裁判をして勝ったそうですね」

「ああ、ご存知なんですね。岸辺さんは、ほんとうによくがんばりました。ちゃんと日記をつけて、証拠に残してね」

「その裁判のとき、ご近所で味方をしてくれる人がだれもいなくて、弁護士さんに呆れられたって、なっちゃん、言っていましたけど、そうなんですか？　みんなでなっちゃんを訴える署名活動までしたって」

「そうらしいですよ」

「四面楚歌(しめんそか)だったんですね。でも、ご近所になぜ一人も味方がいなかったんでしょう？」

「ああ、それはねぇ、妬みとか、差別の感情じゃないでしょうか。彼女、在日二世でしょう。その彼女が、借家まで持っている。それも所有できないはずの公共の土地に。自分たちは日本人なのに、在日のなっちゃんに家賃を払わなくてはならない。それが、みんなの癪に障ったのかもしれませんね」

なるほど。なっちゃんが、市役所の法律相談に駆けこんで紹介してもらった弁護士さんは、裁判に勝った後で「これから向こう三年、なにかあったら、全部無料で面倒をみてあげますよ」と言ってくれたという。その意味を掴みかねていたけれど、きっとそういうことなのだろう。なっちゃんに対する不当な差別を見かねて、正義をまっとうしたくなったということなのか。

「七年前に大雨で橋が流されたことがあったんです。岸辺さんのお父さんがかけた私設の橋が流されてしまって。そのことはご存知ですか」と先生。

「ああ、そのことも聞いています。いまは、きれいないい橋になりましたねぇ」

「あれも、岸辺さんのがんばりの成果なんです。市長に何度も手紙を書いて訴えて。熱意が実ったんでしょうね。その実行力に脱帽です」

なっちゃんから、断片的に聞かせてもらった話だ。やっぱりそうなんだ。なっちゃんの思い出話はブレない。何度聞いても判で押したように同じ話になる。時々、細部を話してくれて、全体像がだんだん立体的に見えてくる。ブレないということ、そして恩師の話と整合性があること。それが、なっちゃんの話の確かさを示していると感じた。

なっちゃんから聞いた壮絶な物語はすべて、きっとほんとうに起きたことなのだ。ゴミ捨て場の埋立て地に燃えあがった篝火の炎も、気の触れた幼なじみの女友だちが水を高く噴きあげて笑ったのも、息子の女友だちがヤクザに殴り殺されてしまったのも……。

「なっちゃん、夜間中学では、韓国人のお友だちが、たくさんできたんでしょうね」

「それが、そうでもないんですよ。彼女は奈良県では初めて、日本人と結婚して帰化した在日二世だったんです。それで、韓国籍の方からは、距離を置かれたようです。気の毒でした。

彼女はかえって、中国残留孤児の帰国者たちと仲よくしていましたよ。面倒見がよくてね、家に招いてごはんを食べさせてあげたりして」

そうだったのか。韓国人からは仲間はずれにされ、日本人からは在日二世と蔑（さげす）まれ、彼女には居場所がなかった。つらかっただろう。そのつらさが、彼女をより強く、そして、底抜けに明るくしたのかもしれない。

よって立つところ

その話を聞いて、思いだしたことがあった。アイヌの伝統儀礼「イオマンテ」を題材にした絵本を作るため、北海道の各地でアイヌの人々に会って話を聞いていたころのことだ。千歳で、姉崎等さんというアイヌの熊撃ち猟師に会った。単独で、生涯で六十頭ものヒグマを仕留めたという狩りの達人だ。そのころ、もう伝統の熊狩りをするアイヌはいなかったから、彼は「アイヌ民族最後の狩人」と呼ばれていた。

そんな尊称を戴く彼の母親は、実は和人だった。姉崎さんは、アイヌと和人の混血だったのだ。同化政策もあり、時代が下るほど、そんな子どもは増えたが、彼が幼い時代はまだ少なかった。

「アイヌコタンでは『和人の子』と言われ、学校に行けば『アイヌ』と呼ばれてね、両方からはじき出されていた。そういう子どもには、大人は狩りのやり方を教えてくれないんだよ。手ほどきもしてくれなければ、狩りに連れていってもくれない。仕方ないから、狩りから戻ってきた大人が囲炉裏を囲んでいるときに、そばに行って気配を消して、じっと話を聞くんだ。男たちは、必ず狩りの手柄話を始める。それに耳をそばだてて、狩りの方法をこっそり勉強するんだ。手柄話は大きくなりがちで法螺も混ざるから、どこまで本当かわからないけれど、それでもいろいろわかったし、森に行ってその方法を試してみることもできた。そうやって、狩りを学んだんだわ。

教えてもらえないときは、よく観察した。おれはコタンの子どもじゃ一番くらい、魚釣りが得意だったんだけど、ともかくよく見たよ。見ていると、魚の動きや習性がわかる。そうしたら、どこへ行ってどんなふうにすれば釣れるのかが、わかるようになる。動物だって同じだ。どこを、どんな気持ちで歩いたのか、なにを食べたのか、どこへ行こうとしていたのか。よくよく観察すれば、熊の気持ちがわかるようになる。熊はねえ、ほんとうは人間に遠慮しいしい生きているんだよ」

言葉の端々に、熊への愛情が滲む。一番面白かったのは「止め糞」の話だ。

「熊は冬眠の前になると、堅い木の皮や乾いた草の蔓を食べて、それをお腹のなかでぎゅっと圧縮してコルクの栓のようにして、お尻に封をするんだよ。春になって、冬眠から覚めて、春先の柔らかい草を食べると、腹ん中にガスが溜まる。ガスが目一杯になると、尻に栓をしてた止め糞が、吹っ飛ぶのさ、シャンパンを開けたみたいにポーンとね。

そうすると、糞の汁がパーッと飛び散る。よく見れば、どこで屁をして、どこへ飛んでいったのかわかる。その跡をたどれば、コルクみたいな止め糞だって見つかる。びっくりするくらい遠くまで飛んでいるんだよ」

姉崎さんはいきいきと、うれしそうに熊の話をした。まるで自分の友だちのように。たくさんの熊を殺してきたけれど、だれよりも深く熊を愛していることが、ひしひしと伝わってきた。

アイヌの世界観からすると、熊狩りは「殺す」ことではなく「カムイの国に送り返す」ことだ。彼のなかにも、もちろんその世界観は色濃く息づいていた。しかし、現実的には命を奪うことだということも十分承知していた。神話世界と現実世界。殺害と送り。二つの矛盾することが、姉崎さんの心のなかに易々と収まっているのを感じ、その豊かさに圧倒されずにはいられなかった。

インタビューはレストランでしたのだが、駐車場で車を降りると、姉崎さんは、植込みもなにも関係なく突っ切って、まっすぐにレストランの入口に向かった。その姿は、まるで山のなかをぐんぐん歩く熊のようだった。当時、脳梗塞の後遺症で体もよく効かないのに、杖をついて植込みを藪漕ぎしていく姿が忘れられない。猟銃を背負って一人山を駆け巡っていたころの姉崎さんの姿を思い浮かべずにはいられなかった。

もう一人、とても印象深いアイヌの古老がいた。わたしが絵本『イオマンテ　めぐるいのちの贈りもの』を上梓したとき、北海道の学校図書館から講演に呼ばれた。会場は小学校の図書室。見渡すと、なんと聴衆の中に一人、アイヌの正装をしたおじいさんがいるではないか。サパウンペというアイヌ独自の柳の削りかけで作った冠を戴き、刺繍の民族衣装を着て、小学生用の椅子に身を小さくして座り、こちらをじっと見据えている。

わたしは緊張した。いくら取材を重ね、たくさんのアイヌの方に会い、研究者の助言と監修を経て作った絵本とはいえ、わたしは和人だ。ヘタな表現があれば、興味本位だと思われ、文化搾取だと批難されかねない。

本の朗読と講演が終わり、質疑応答の時間になると、そのおじいさんがまっさきに手を挙げた。絵本のことはたいへん気に入ってくれたようで、ほっと胸を撫でおろした。それから、おじいさんは「少し話をさせてもらっていいですか」とわたしに尋ねた。

「もちろんです、お話をお伺いできるなんてうれしいです」

　すると、こんな話を始めたのだ。

「わたしはきょう、みなさんに聞いてほしいことがあってここに来ました。アイヌ民族と和人の間にあったことを、知ってほしいのです。明治維新のころ、たくさんの和人が開拓のために北海道に入植しました。そして、アイヌの生活の場であった森を切り開いて、畑にしたのです。アイヌは、伝統的な暮らしの場を失い、森での仕掛け弓や川での鮭漁を禁止されて、大変苦しい暮らしをすることになりました。

　でも、それより前、まだ和人が入植し始めて、アイヌが森を自由に駆けまわっていたころは、アイヌの方が、ずっと豊かだったのです。北の大地での暮らし方を知っていましたし、獲物もたくさん獲れました。

　それに対し、入植した和人たちは悲惨でした。アイヌの家の壁は、笹や茅で葺（ふ）かれていて、寒さも暑さも防いでくれるのですが、和人の家は板張りでしたから、北の大地のきびしい寒さを防げません。アイヌは、そんな和人たちに、暮らしの方法を教えたり、食べられる野草を教えたりしました。それでも暮らしが立ちゆかず、とうとう内地に逃げ帰る人も多かったのです。

しかし、長旅に赤ん坊や幼児を連れてはいけません。もともと武士の末裔（まつえい）や農家の次男坊三男坊です。帰っても居場所がありません。それを案じて、わが子をアイヌに託したり、捨て子をしていく和人もたくさんいました。和人の家の前には捨てません。アイヌのコタンに捨てるのです。アイヌはやさしいから、子どもを育ててくれるとわかって、置いていったのです。そんな子どもを、アイヌは、わが子として育てました。

それなのに、アイヌは和人に森も川も奪われました。そして、祖先の遺骨さえ、掘りかえされ、持ち去られたのです。研究のためといって、大学のえらい先生方が、アイヌに黙って墓を暴（あば）き、遺骨を持ち帰りました。その遺骨は、北大、東北大、東大、京大、阪大などの旧帝国大学を始め、天理大学や南山大学など、全国十二の大学に保管されていることがわかっています。

わたしは、その遺骨を返してもらい、故郷に葬りたいと思って、裁判に訴えました。遺骨返還訴訟をしています。みなさんに、そのことを知ってほしい、そして力になってほしいと思い、きょうはここにやってきました」

アイヌ遺骨返還訴訟の原告の小川隆吉さんだった。わたしは、自分が責められているような気がした。遺骨訴訟のことは知ってはいたが、当のアイヌの古老からその話を聞くことで、わたしは初めてまざまざと、遺骨を奪われたアイヌの心の痛みと悔しさを実感した。申し訳ないと思った。そして、その話を、ここでみんなにしてもらえてよかったと感謝した。つらい話をした後の隆吉さんは「話させてくれてありがとう」と言って、とびきりの笑顔を見せてくれた。その笑顔の混じりっけのないことに、涙が出そうになった。

二〇一五年、北大の「アイヌ・先住民研究センター」を訪れたときに、わたしは隆吉さんに偶然再会した。彼は自伝『おれのウチャシクマ――あるアイヌの戦後史』を出版したばかりで、それをキャリーケースに詰めて引っぱって、行商に来ていたのだ。わたしのことは、一目で思いだしてくれた。もちろん喜んで、本を買わせてもらった。

その本を読んで、わたしは隆吉さんが、朝鮮人とアイヌの混血であることを知った。父親は戦時下に強制労働で日本に連行され、工事現場でタコ部屋に詰めこまれた人だった。その非人間的な扱いに耐えかねて脱走し、アイヌコタンに逃げこんだ。アイヌの人々は、彼を匿ってくれた。やがて、アイヌの娘さんと結婚、隆吉さんが生まれた。しかし、父親は、隆吉さんが幼いころに朝鮮に戻ったまま、音信不通に。以来、消息不明だ。隆吉さんは、母親とも九歳で死に別れている。小学校にも行けずに、若いころは、漢字も書けなかったという。

そんな隆吉さんが、アイヌと朝鮮人の二重の差別を和人から受けたことは、想像に難くない。その彼が、故郷とアイヌ民族のために、遺骨訴訟を起こしてそこまでがんばっていたのだ。訴えは届き、二〇一六年には北大と和解、遺骨の一部が返還され、故郷に埋葬された。新聞には、初めて会ったときと同じように冠を被り、アイヌ衣装で正装した隆吉さんの写真があって、わがことのようにうれしかった。

姉崎さんも小川さんも、アイヌの誇りを忘れなかった。混血として差別されることがあっても、アイヌ民族であるということは、自らがよって立つ場所だった。

アイヌ文化を題材にした絵本をつくることで、わたしは他にも多くのアイヌ民族の方と知りあうことができた。仲よくなって、互いの家に泊まりにいく間柄になった人もいる。彼女たちを招いて、奈良でアイヌ文化を学ぶ会も何度も開いてきた。

アイヌの衣装を身につけ、独特の発声でアイヌの歌を歌い、ムックリを奏で、わたしたちにアイヌ舞踊を教えてくれる彼女たちの輝いていること！　自らがよって立つ文化があるということは、こんなにもすばらしく、また力強いことなのかと感心した。

そんな彼女たちのなかにも、和人との混血の人もいるし、両親ともアイヌという人もいる。幼いころからおばあさんとともに、地元のアイヌ文化伝承会に通って歌と踊りを習った人もいれば、家ではアイヌ語の一つも語られず、大人になってから、自ら求めてアイヌ文化を学んできた人もいる。放送局に残っていた祖母のアイヌ語の昔語りのテープを発掘し、研究者に聞きながら日本語訳をしてその意味を知り、暗記して自らがアイヌ語で語っている人もいる。彼女たちの熱意には、いつも圧倒された。

翻（ひるがえ）って自らを省みると、わたしにはどのような「よって立つ場所」があるのか。「あなたは何民族ですか」と聞かれて、即座に答えられる日本人は、どれだけいるだろう。「日本人」と答える人も多いが、それは民族の名ではない。日本人の圧倒的多数は「大和民族」だ。実は学術的には「民族」という概念は消えつつあるけれど、ともかくも、自分が「大和民族」であると自覚している人が、一体、どれだけいるのか。多数派であるということは、自分が何者であるかを問わずに生きていけるということだ。

首都圏の新興住宅地に育ったわたしには、故郷と呼べるような故郷はなかった。氏神様もなかったから、伝統の祭りに氏子として参加することもできなかった。そのことに気づいたわたしは、高校時代、自ら求めて、弓道クラブに入り、お琴のお稽古に通った。それはまるで、外国人が異国情緒に憧れるのと変わらぬエキゾチシズムのような心情だったかもしれない。それでもわたしは「なにか」を求めていた。自分のルーツとなるなにかを。

根気のないわたしは、結局どちらもモノにできず、中途半端に終ったけれど、いつもどこかに、失われた故郷を求める眼差しがあった。齢五十で、古都奈良に移住してきたのも、そのせいかもしれない。

アイヌ文化を学んだせいで、奈良に来てから「奈良以前」がどうしても気になって仕方ない。国譲りをした出雲勢力。奈良以降すっかり封印された古墳時代の勾玉信仰。隼人と呼ばれ、蝦夷と呼ばれた人々のこと。

そんな目でいまの日本を見れば、日常のどこに「日本らしさ」があるのだろうか。真の日本らしさとはなんだろうか。大陸や半島から文化を移入し、明治以降は西洋の文化を色濃く採りいれた。「そもそもその柔軟性が日本らしさだ」と言う人もいる。

結局のところ、わたしたちは「文化の孤児」なのではないだろうか。けれど、多数派だから、そんなことを考えなくても済んでいるだけなのだ。よって立つ場所がどこであるかなど、不安に思う必要もない。みんなが同じ圧倒的に大きな船に乗っているのだから、文化や民族なんて考えずに、ただ安穏と漂うことができる。

しかし、少数派はそうはいかない。アイヌも在日コリアンも被差別民も、そのほかの少数派も、いつも「おまえはだれだ」ということを否応なしに突きつけられる。そんななか、自らルーツを求めることで、そこをよって立つ場所とする人もいれば、多数派に同化することで生き延びる道を求める人もいた。

なっちゃんの両親は、家で韓国語を話さず、子どもたちに韓国語を教えなかった。同化を目指したのだろう。それでいて、韓国の由緒ある家柄、ヤンバンの出身であることを誇りに思っていた。同化か否か、の二元論では語りきれない心情があったのだろう。なっちゃんのなかで、いま、遠い故郷の韓国は、どんな意味を持っているのだろうか。

日本に帰化したことで、韓国人と日本人の狭間に落ちてしまったなっちゃんのことを、夜間中学の先生から聞いていて、わたしはそんなすべてを、走馬燈のように思いだしていた。

先生との会話を終え、折り返し、なっちゃんに電話した。

「夜間中学の先生といっぱい話したよ」

「そうなの！　先生、なんて言うてた？」

「先生と生徒とか、そんな関係じゃない。人生の大先輩として、いろいろ学ばせてもらったって」

「あーら、先生、そんなこと言わはったの！　もう！」

なっちゃんの声が、少女のように弾んだ。

「大した人だって感心していたよ。実行力があるって」

「ほんまかいな！」

「ちゃんと学校に行けてたら、きっと政治家にでもなれただろうって」

「やだぁ、そんなこと言わはったん。そやねん。あの先生に何度もそんなこと言うてもろて、ずいぶん励まされたわ」

なっちゃんは、とてもうれしそうだった。

「いまな、友だちもきて飲んでるところやからな、もう切るで！」

いつものアレだ。不良友だちとのカラオケ。

「それにしても不思議や。うち、ふだんまじめに家におって、草引きしてるのに、友だちと遊んでいるときばっかり、先生から電話があるねん。まるで見透かされたようにな。うち、いつも遊んどるんと違うで」

「わかってるって。明日、待ってるからね」

ともかく元気な八十一歳だ。明日を楽しみにしながら、電話を切った。

お空が見ている

美しき呪文

　翌日、わたしは四時過ぎからそわそわしてなっちゃんを待っていた。なんだか、恋人を待つ乙女のような気分だ。しかし、五時半になっても来ない。なにかあったのだろうか。心配になって電話をしてみると、呑気な声が聞こえてきた。

「あ、先生、なんか用？」

「やだぁ。昨日、四時過ぎに来るって約束したじゃない」

「あ、そやった、そやった。ゆんべはちょっと酔っ払ってたから、忘れてしもたわ。さっき、リハビリから戻ってきたとこ。近所の奥さんと立ち話してたん。何時頃、行こか？」

　ほっとした。

「何時でも。うちで夕飯食べていって」

「ほな、七時に行くわ」

　というわけで、暗くなりかかった頃、なっちゃんは、いつものように自転車でやってきた。また、缶ビール六缶と、ポカリスエットがおみやげだ。

「手ぶらでいいって言ってるのに」

「ええんや。うちが飲みたいもん持ってくるんやから」

「そうかと思って、うちでもビール、買っておいたんだよ。お酒もあるよ」

　まずはつまみに、茄子と万願寺唐辛子の揚げ浸しを出した。出汁には輪切り唐辛子を入れてピリリとさせた。

「わぁ、唐辛子や。なつかしいなぁ。うちの母さん、いつも唐辛子の入った料理を作ってくれたわ」

　唐辛子の利いた韓国料理は、なっちゃんの「おふくろの味」なのだろう。揚げ浸しは和食だが、それでも唐辛子が入っているだけで、こんなに喜んでくれた。次回は、韓国料理に挑戦してみようか。

　料理をしながら、対面キッチンの向こうのなっちゃんとおしゃべりをした。

「先生がな、うちにいろいろ昔の話、聞くから、うち、最近いろんなこと思いだすようになってな。子どもの頃、六畳一間の小さな家の壁にな、古ぼけた細長い鏡が一枚、掛かってたんや。うち、こっそり兄さんの学生服を着て、お下げの髪、学生帽にきゅっと詰めこんでな、『うちが男やったら、こんなかなぁ』なんて鏡に映して、遊んどった。変装ごっこやね。友だち呼んで、そんな格好で、歌も、よう歌ったわ。みんな、やんやの喝采や」

「楽しそうだねぇ」

六畳一間が小さな劇場になる。なっちゃんは男装の麗人だ。ステージの上の学生服姿のなっちゃんと、目をきらめかせて見あげる子どもたちの様子が、目に浮かぶ。

「うち、歌が得意やったん。母さん、いつも悲しい顔をしとるか、イライラして怒っとるか、どっちかやったからな、おもろい歌、歌うて、笑わせてやるねん」

「へえ、どんな歌？」

「お使い頼まれたら、笠置シヅ子の『買物ブギ』や。その頃、ごっつう流行っていた歌で、いつもラジオから流れてたわ。母さん、うちが歌うと、笑（わろ）てくれてなぁ」

「ひょうきんな子だね」

「母さんは泣いてるし、父さんは酒飲んで怒ってるやろ。兄さんはなんも言わんとじーっと勉強してるばっかりやんか。うち、そんなの嫌やったん。家ん中、ぱあっと明るくしよ思うて、おもろいこと言うたり、ふざけたりしてたんや」

「そうかぁ。なっちゃんが盛りあげ係なのは、きっとそこから始まったんだね」

子ども心に、家庭を愉快で明るい場所にしようと必死だったのだろう。やけに陽気なのは、単に、持って生まれた性格ばかりではなかったのかもしれない。貧しく苦しかった暮らしが、なっちゃんの心の形を造ったのだろう。

「母さんに、『なにバタバタしてんねん。鶏は始めから裸足やでぇ』って、よう言うたもんや。小学生の子どもが、なんやおかしなことをいうから、母さんも笑(わろ)てくれてなぁ」

「え？　どういう意味？」

「鶏は、生まれたときから、靴も服もないやろ。裸一貫やろ。ほいでも、くよくよせんで生きとるやないか、母さんも元気出してや、ちゅう意味やねん」

「なるほどねぇ」

「替え歌で、父さんのこと、歌ったこともあるんやで」

「へえ、どんな歌？」

「童謡の『スキー』って歌や」
「♪山は白銀～♪　って歌だね」
「そやそや、それや」
「歌ってよ」
「そうかぁ。ほな、いくで。
　♪朝もはよから　弁当箱下げて
　　家を出ていく　親父の姿
　　服はボロボロ　地下足袋履いて
　　弁当箱開ければ　梅干しひとつ～♪
　父さんはその頃、土方してはってん。歌い終わったら、みんな大拍手や。うち、父さんが家に戻ってきてたの、気がつかんかった。戸口のところで、じーっと聞いてたんやね。ガラッと戸を開けて、父さん、目に涙浮かべて、半分泣きもって言うねん。『秋ちゃん、女の子はもっとかわいらしい、子どもらしい歌を歌いなさい』って。秋子いうんは、うちの本名やで。あんときの父さんの気持ち、思うたら、ほんま、悪いことしたと思うわ。ありのままを歌われて、父さん、どんなに悲しかったやろなぁ」

「そうかぁ、そんなことがあったんだ……」

「ともかく、うちは歌がうまいから、近所でも人気者よ。晩酌の頃になると、『ちょっと、秋ちゃん、貸して～』っていう人もおったん。あの頃は、あってもラジオくらいで、テレビもないやろ。そやから、娯楽のために、うちを呼ぶんよ。身ぶり手ぶりで流行の歌を歌うと、ご近所のおじさんおばさん、大喜びしはってなぁ。お小遣いくれて、晩ごはんもごっそうになってくるん」

「そうか。子どもスターってわけだね。美空ひばりみたいだね」

「ご近所に、テイチクがあったやろ。うちを紹介して、芸能界に入れようとした人もおったんやけど、父さんが頑として首を縦に振らなんだ」

「そのとき、レコード会社に入っていたら、なっちゃんの人生、きっと全然違ったんだろうなぁ」

「そやねぇ。家ん中でそんなんするのは、うちだけ。兄さんは、いっつも机に向かって勉強してた」

「お家のことは、手伝わなかったの？」

「なんもせえへん。長男やからね。韓国ではな、長男をすごく大切にする風習があるんよ。そやから、あんなに貧乏な家やったのに、兄さんは大学まで行かせてもろたの」

「ええ、大学に！　なっちゃんは小学校にも行かせてもらえなかったのに？　それにしても、あの当時、大学まで行ったとは、大したものだね」

「兄さん、大学まで行った甲斐があって、事業を興して大金持ちになってん。だから、母さんにはずいぶん親孝行してもろて、ありがたかったわ」

「よかったねぇ」

「でもな、兄さんが結婚したての頃は、まだ貧乏やったん。うちは、息子を育ててもらっとるでしょう。そやから、少しでも家計の足しにしてもらいとうて、毎月、給料の中から、仕送りしたわ。その頃は、うち、夜も昼も働いて、稼ぎも人一倍あったからね」

「なっちゃん、甲斐性あるよねぇ」

「そういえば、こんなこともあったわ。ある日、母さんのとこに行ったら、畳を叩いて大泣きしてるん。韓国の時代劇に出てくるみたいな泣き方よ。そんな母さん、見たことないからびっくりして『どうしたん』って聞いたら、『おまえの兄さんの会社が不渡りを出しそうになって、韓国人仲間で積み立てていた頼母子講のお金を使いこんでしまった。明日までに耳を揃えて返さないと、もう韓国人社会で生きていけなくなる』って、それはもう身も世もなく、わんわん泣きもって言うんよ。『いくらなん？』って聞いたら、『四百万円』って」

　現在にしたら二千万円ぐらいだろうか。大金だ。

「そのうち二百万円は母さんの貯金でなんとか都合できるけど、あとの二百万円がどうにもならんって。そやから、うち『大丈夫。心配しないで、うちがすぐに持ってくるから』って言うたん」

「えっ？　どうしたの、なっちゃん、そんな大金」

「ヘソクリよ。うちのありったけのヘソクリ」

「はあ、ヘソクリ！　仕送りして、自分は二人の子育てをして、まだそんなにヘソクリしてたなんて、ほんとにしっかり者だねぇ」

「それだけ働いたもん。節約だってしたし。クラブの雇われママさんしてたときだって、毎日パーマ屋さんでセットしたら、高いやろ。そやから、パーマ屋さんのお釜、自分で買うてね」

「え、それって、頭に被ってブワーッって熱い風が出るヘア・ドライヤーのこと？」

「そやそや、それや」

「そんなもの、業務用だからものすごく高いでしょう」

「パーマ屋さんのお下がりや。お店畳む人がいたから、安く譲ってもろたんや」

「さすがだね」

「それ使ってな、自分でカーラー巻いて、仕度したの。なにしろ、昼間はおみやげ屋さんやレストランで皿洗いやお掃除をして、家に戻ったら、子どもたちをお風呂に入れて、夕飯食べさせて、それから自分の仕度して、髪セットして、そりゃもう、息つく暇もない忙しさやった。時間を節約したくて、バイクの免許も取ったんよ」

「あ、そういえば、夜間中学の先生、言ってた。なっちゃんは、夜間中学に来る前にバイクの免許を取ってたって。どうやって取ったの？」

「バイクいうても、原付やけどな。問題集、買うてきて、髪セットしてお釜被ってる間に読むんや」

「でも、そのときは、まだ、漢字、読めなかったんだよね」

「ひらがなは読めたんよ。そやから、何度も眺めてたら、だんだん見当がついてくる」

「なっちゃん、勘がいいんだねぇ」

「それにな、試験会場に行ったとき、試験用紙見たら、ちょっと字が滲(にじ)んでいるところがあったん。ほんで、試験会場をグルグル回っとる先生に、ハイって手を挙げて『すみません。ここ、字が滲んでて読めないんですけど、なんて書いてあるんでしょうか』って。ほしたら、読んでくれたんよ。ほんで『しめた！』って思うて、『すみません。ここも』『あ、これも』って、全部読んでもろたんや。もちろん、試験問題だけやで。答えを教えてもろたわけではないんやで。でもうち、その日試験受けた人ん中で、一番の成績やったって」

「やだぁ、なっちゃん、やるなぁ」

「そやろ。悪知恵があるやろ」となっちゃんは大笑いした。

「なんか、話、それちゃったけど、ともかくそうやってなっちゃんが稼いでへソクリしたお金、お母さんに渡したんだよね」

「うん。そのこと、母さんは覚えてくれててね、亡くなる前に病院で、『この家で一番親孝行なのは、秋子やで』って言うてくれたんよ。兄さんは自分が一番お金持ちになって母さんに親孝行してきたのにって、すっかり臍を曲げてしもたわ。ほしたら、母さん『あんたらが若かったときに、秋子にずいぶん助けてもろたの、忘れたんかい』って。『おまえが小さいときも、この子が薪を売ったり石炭殻拾てきてくれたお陰で、ごはんが食べられたんよ。だからあんたは、勉強に打ちこめたんやないかい』って。兄さんが受験勉強したり、大学に通ってた頃もな、うちは蚊帳屋で縫い子さんしてたんよ」

「へぇ、お裁縫もできるんだ」

「できるなんてもんやない。六畳くらいの大きな蚊帳でも、三十分で縫い終えたんやで」

「腕がよかったんだ」

「そや。あちこちから引っ張りだこで、家の稼ぎ頭やったん」

「お母さん、なっちゃんに感謝していたんだね」

そう言いながら、思った。お母さんは、なっちゃんのことを心配していたのだろう。自分が亡き後、お兄さんにないがしろにされてはかわいそうだと思って、なっちゃんがしてきたことを、お兄さんに思いださせようとしたのかもしれない。

「そやけどな、こんなん言われたこともあったん。『女の子は赤子のときに首絞めて殺しておけばよかった。男の子だけでよかったわ』って」

「ええ、どうしてそんなことを？」

「うちは、奈良で初めて日本人と国際結婚したし、クラブのママさん稼業もしてたやろ。そやから、恥ずかしゅうて韓国人仲間に顔向けできんって。『ほかの家はみんな娘自慢をするのに、わたしはできない』って嘆いてたわ」

「そう言われてもねぇ。なっちゃんも、必死だったのにね」

「クラブでママさんしてた頃は、人気があって、店はいつも常連でいっぱい。うちな、歌が好きやろ。ほんで、島倉千代子の歌なんか、一番はそのまま歌って、二番からちょっとエッチに替え歌にして歌うんよ。ほしたら、やんやの大喝采。みんな、お札をドレスの胸のところからブラジャーに突っこんでくれたわ」

「わぁ、すごい」

「家に戻ると、疲れ果てて、そのままバタンキューや。朝になってドレスを脱いでブラジャー外したら、お札がバアッと畳に舞い散ってなぁ。そりゃぁ、豪勢なもんやで」

その景色を思う浮かべると、おかしくてならない。

「毎日のように一人で来る無口な職人さんがおったん。黙ってお酒飲んでな、お金払うとき、いつもお釣りは受けとらないの。あれは、ありがたかったわぁ」

「口説かれたりしなかったの？」

「なんも言われんかった。それだけ本気やったのかもしれへんな。うちを口説く人もずいぶんおったわ。これでも、モテたんやで」

「だと思うわ」

「あの頃の写真、こんど先生に見せたげるわ。いまは化粧もしないこんなおばんやけど、あの頃は、髪結ってビシッと決めてたんやで」

「カッコよかっただろうなぁ」

「ほいでも、うちは絶対、恋人作らんかった。息子二人育てるのに精一杯で、それどころやないわ。それにな、一郎さんほどの男前は、一人もいなかったもん」

「そう。一郎さんて、そんなに男前だったの」

「そや。そりゃあ、ええ男やったんやで」となっちゃんは遠い目をする。いまでも、恋心が残っているかのように。

「まあ、そんな具合やから、うちは、母さんの自慢の娘というわけには、いかんわ」

お母さんは、韓国の伝統的な価値観から抜けだせなかったのだろう。

「ほんでもな、ほんまは母さん、うちのこと、わかってくれてたと思うんよ。こうも言うてくれたわ。『おまえのこと、子どもを産みっぱなしで母親に預けて、だらしない女だって言う人がおるかもしれんけど、そんなこと気にしたらあかんよ。あんたが一生懸命生きてきたことは、母さんが一番よく知ってる。働いて働いて、仕送りしてくれたことも忘れへん。あのお金があったから、まだ貧乏やった兄さんたちも、なんとかしのいでこれたんやからね』って」

「やっぱり、わかってくれてたんだね」

「そやねん。母さん、いつも言うていた。『お空が見ている』って。『だれが見ていても、見ていなくても、いつもお空がおまえのことを見ているよ。だから、悪いことやずるいことをしたら、あかんよ』って。うち、その言葉はずっと忘れない。いつでもそう思うて生きているん」

お空が見ている。それはお母さんがなっちゃんに残した美しい縛りの呪文だった。だから、なっちゃんは、こんなにもまっすぐなのかもしれない。

知は力なり

「ところでなっちゃん、どうして夜間中学に行くことにしたの？　きっかけは？」

わたしは、以前から聞きたかったことを聞いてみた。

「その頃、ちょうど子どもも大きくなったしな、それに、腰をいわして、それまでみたいに掛け持ちで仕事ができなくなってたん。ほんなら、その間に勉強しよう思うて」

「病気の間に勉強しようなんて、とことんまじめだなぁ。夜間中学のことは、どこで知ったの？」

「仕事で知りおうた人が、夜間中学に通っててな、教えてくれたん。それに……」

「それに？」

「学校に行ったら、賢い先生らがいて、なにかあったら、いろいろ相談できるって思うた。そういう欲もあったんや」

「そうか。頼りになる人と知りあいたかったんだ。なっちゃんの行動はいつも合理的だな。そこで会ったのが、あの先生だったんだね」

「そやねん。うちの愚痴も聞いてくれたし、ほんまによう励ましてくれた。うちがくよくよしよるんで、先生、慰めようとして、いろんな韓流ドラマのビデオを貸してくれたんよ。『冬のソナタ』とかな」

「ああ、冬ソナは、その頃かぁ。すごく流行ったよね。なっちゃんも好きだったんだ」

「ほかにも、いろんなの、恋愛物から時代劇まで、ありったけ見たわ。韓流ドラマの趣味をつけてくれたんは、あの先生や」

なっちゃんが在日二世だから、先生はあえて韓流ドラマを勧めたのだろう。故国の文化を誇りに思ってほしかったのかもしれない。

「ほかに、夜間中学に行って、よかったこと、ある？」

「そりゃあ、たくさんあるわ。読み書きができるようになって、どれだけ助かったか。駅の看板も読めるようになって、迷子になってさまよう夢も見なくなった」

「よかったねぇ」

「歴史を習ったのもよかった。父さんから昔話は聞いていたけれど、恨み言ばっかり。ヤンバンの家柄なのに、日本に連れてこられてひどい目に遭ってるって、そればっかりや。うち、その話を聞くのが嫌で堪らんかった。その頃は、それがなんのことか、さっぱりわからんかったからねぇ。

それが、歴史を勉強して、父さんは、植民地時代に強制連行で日本に連れてこられたんだろうってわかった。母さんと子どもを向こうにおいて、広島でトンネル工事をしてたんやもん。父さんは五十一で亡くなったけど、歴史を勉強してから、やっと父さんの気持ちがわかってきた気がするわ。なんで自分が河川地なんかに住んでいるのか、その理由もわかった。それだけでも、夜間中学に行った甲斐（かい）があったわ」

まさに知は力なりだ。

「原爆落ちる前に広島から奈良に引っ越せたし、夜間中学行って裁判にも勝てたし、二年前の交通事故でも死ぬところを命拾いした。うちは、大自然に守られてるんや」

大自然という言葉が新鮮だった。天の采配（さいはい）は、なっちゃんに過酷だった。けれど、同時に、どんなどん底からも引っ張りあげてくれた。それは、なっちゃん自身の中にある生きる力の強さだろう。いや、そんな力を持って生まれたのも、大自然の力か。

その日、なっちゃんは絶好調だった。いっしょになっちゃんの話を聞いていた夫は、十二時前になると「疲れたから、先に休ませてもらうね」と家に引きあげていった。それでもなっちゃんのおしゃべりは留まるところを知らない。長崎にいる長男ががんばっていること、佐世保の次男が労災を受けて安泰なこと、大阪でカラオケを経営している三男がコロナ禍で青息吐息なこと。「貸家を五軒持っている」と聞いて次男と結婚した女性が、初めて堤防敷の家を見てびっくりして声も出なかったことなど、おもしろおかしく語る。
「よほどの金持ちの家の息子やと思うたんやろな」といたずらっ子のような顔で笑った。それぞれに物語があり、思い出がある。なっちゃん一家の一大絵巻を見るように、わたしはその話に聞き入った。さらには、なっちゃんのいまの遊び仲間の「不良の友だち」の話まで広がって際限がない。

わたしもさすがに疲れてきて「さあ、なっちゃん、もう夜中の二時だもの。そろそろお開きにしようね」と言うと、なっちゃんは「そやね。遅くまでごめんな」とトイレに立ち、戻ってくるとまた話が始まってしまう。とうとうわたしは立ちあがり、バッグを持って電気を消した。なっちゃんも鞄を手にした。けれど、その暗がりで、まだ半時ほど立ちっぱなしのまま話が続いた。すごい馬力だ。

語りたいことが、それだけなっちゃんの胸の内にぎゅっと詰まっていたのだろう。濃縮された物語は語る場を得て、むくむくと入道雲のように膨れあがり、小さななっちゃんという器からはみだし、それでもまだ膨れあがる。いつまでも聞いていたかった。とはいえ、さすがになっちゃんの体にも障るだろう。一段落したところで、無理に送りだした。

もうだれもいない深夜の道を、なっちゃんの自転車が見えなくなるまで見送って、大きな息を一つ、ついた。あの馬力は、どこから生まれてくるのだろう。なっちゃんの過酷な人生が、彼女を強くしたんだろうか。わたしは、なっちゃんみたいに元気に歳を重ねられるか。いや、そこまで生きられるかどうかさえ、このご時世では、わからない。

もう見えなくなったなっちゃんに一人で手を振って、わたしは踵を返した。

天国行きのプラットホーム

大自然が守ってくれる

それにしても今年はひどい猛暑だ。奈良盆地でも最高気温が四十度近くなる日もある。体温より高い。しかも、湿度があるからたまらない。日が落ちて虫が鳴きはじめ、「ああ、やっと夜風が気持ちいい季節になった」と思って気温を見ると、まだ三十一度もある。それを涼しいと感じる自分に驚く。人の体とは、なんと柔軟性があるのだろう。

人の心も同じだ。政治家の嘘、不正、証拠隠滅、多数派の横暴、格差の拡大に連打され、そこにダメ押しのようにウイルスの襲撃だ。国民はいつのまにか、あきらめとともにそれを甘受している。わたしたちはみな、ゆで蛙だ。この夏の暑さにいつのまにか慣れてしまったように、悪政に慣れきってしまったのだろう。

不安を抱えたまま、日常は当たり前のように過ぎていく。きっと、戦前の日本も、こんな様子だったに違いない。当たり前のように暮らしているうちに、どんどん軸足がずれて、いつまにかとんでもないところに立っている。わたしたちは、またそれと同じ轍（てつ）を踏もうとしているのか。

そんなときでも、なっちゃんのことを思うと、少し気が晴れるのだ。なんだか希望を持てるような気もしてくる。得体の知れないもやもやした霧が晴れて、光が射してくるように感じる。

日が傾きはじめた頃、わたしは久しぶりになっちゃんのところに行ってみた。

「あ、先生！」

なっちゃんは、わたしを見つけて、うれしそうに手を振ってくれた。その手に小さな鎌が握られている。ああ、あの「鎌を振って大暴れ」と誤解されたアレだなと、わたしは少し、おかしくなった。

「暑いのに、草引きしてたの？」

「いまさっき出てきたとこやねん。昼間は暑くて無理や。この頃は、夜明けにおきて毎日草引きしとんやけどな、ほんでも追いつかなくて、また出てきたところや」

なっちゃんはため息をついて、川に目をやった。草が、背丈ほども生い茂っている。

なっちゃんでも、さすがにそこまでは手が回らない。川沿いの花園だけでも、百五十メートルほどもある。そこを一人で世話するだけでも、途方もない労力だ。

「いつもはな、毎年、お盆前とお正月前に、市役所の土木の人らが来て、川原を刈ってくれるんやけど、今年はまだ来てくれへん。電話したんやけど『コルナで忙しくて。もうちょっとお待ちください』って。それっきりや。もうきょうから九月やのになぁ」

夏草の勢いは止まるところを知らない。なっちゃんの花園も、なっちゃんがこうやって小まめに世話をしなかったら、早晩、あの川原のように草に飲みこまれてしまうだろう。

「草が生えんようにセンメン打ってヨーセキしてくれ頼んでも、一向にしてくれへん」

のり面をセメントで擁壁してほしいということだ。このままの方が自然でいいと思うのだが、それはよそ者の贅沢というものかもしれない。

「ほいでな、うち、ここが崩れかけたから、自分でヨーセキしたんやで」

なっちゃんが、その現場を見せてくれた。土手の斜面に、コンクリートのブロックの破片が無造作が積まれ、どこかから調達したらしい鉄柵も埋めこまれ、セメントが流しこまれている。

「わぁ、一人でここまでしたの。大変だったね」

「しゃあないわ。しなけりゃ、どんどん崩れてくるもん」

「だよねぇ。道も削れてなくなっちゃうものね」

「そやねん。うちが最初に来た頃はな、ここはまだ草ぼうぼうで、蛇やら蛙やらうようよおってな、とても人間の住めるような場所やなかったんやで。父さんが松の木やらなにやら少しは植えてくれたけれど、いまみたいに花園だなんて呼ばれるようなもんやなかった。いまでこそ私道って呼ばれるけど、この道も泥だらけでな、道なんてもんやない。ただ河川地にへばりつくようにしてバラックがあっただけや」

「それを、なっちゃん一人でセメントで舗装したんだよね」

「そうやねん」となっちゃんは、我が意を得たように大きくうなずく。

「こっから橋んとこまでずっと、少しずつ何年もかけて、女だてらに一人でセンメン打ってん。センメンだって、ちょっとやそっとや、あらへんで。ちゃあんと覚えてる。全部で百六十五袋使ったわ」

「そんなに？　百六十五袋も？　そりゃそうだよね。百五十メートルはあるものね。でも、どうやって運んだの？」

「いっぺんには運ばれへんから、一袋二十五キロのセンメンを、一回に一袋ずつバイクに積んで運んでな。使い終わったら、また買いにいくねん。そんなことを、何年もずうっと続けてきたんや。市役所に頼んでも、私道も作ってくれへんし、お金出してもくれへんからな。なにからなにまで、うちの自腹や」

「大変だったねぇ。なっちゃんのがんばりで、こんなにすてきな散歩道になったんだね」

「人様は、河川地にタダで住んで、いい気なもんやとか、厚かましい女やって言わはるけど、そんな簡単なもんやあらへんで。『花園みたいですてきですね』って、きれいなとこだけ見て、言うてくれるけどな、いろいろ苦労があるんや」

　初めて会った日、「いいところ。秘密の花園みたい」と言ったとき、なっちゃんの声色がにわかにきびしくなったことを思いだした。あの日のなっちゃんの心の中には、そんな悔しい思いがあったのだと、いまになってよくわかる。

「今週は、木に登って枝はらったり、大変やったんやで」

「やだ、危ない。電話してくれたら手伝いにくるって言ったじゃない。遠慮しないでよ」

「ほんなら、こんど、木ぃ伐るときには、頼むわ」と、なっちゃんは気がなさそうな返事をした。遠慮しているのか、それとも、ひ弱な作家先生など頼りにならないと思っているのか。いつか早起きをして草引きの手伝いをしたいと思っているが、朝が苦手なので、一度として実現したことがない。やっぱり頼りにならない。

「さてと、ひと息入れよっか。冷たいもんでも飲も」

なっちゃんは、先に立って、自分で打った凸凹のコンクリの私道を歩いていった。

「前にな、橋が流されたとき、土木事務所の人と市役所のおえらいさんが、現場検証に来てな、ここを見て『こりゃ、まずい』『えらいこっちゃ』って言いながら歩いていくんよ」

「花壇を作ったりしているから？」

「そやねん。私物化しておるのがあかん、いうことやろ。べつに茄子（なす）や胡瓜（きゅうり）を植えとるわけやないのにな。みんなが楽しめるように、花を植えとるだけやんか。そのどこがいかんのや。それに、うちが草引きしなんだら、どないなると思てるんやろ。うちな、おもろいから、そのお役人さんのすぐ後ろにピタッとくっついてな、『こりゃ、まずい』って言うたら『こりゃ、まずい』、『えらいこっちゃ』って言うたら、『えらいこっちゃ』って、オウムみたいに真似して歩いたっててん」

なっちゃんはおかしそうに笑う。役人も困惑しただろう。幼子のようにお茶目だ。その光景を思うと、思わず頬がゆるむ。

いつものベンチに座り、川の音を聞きながら、なっちゃんと暮れてゆく空を見る。なっちゃんが、足元に蚊取り線香をつけてくれた。去りゆく夏の名残りの香りだ。

「大雨で、橋が流されたんは、もう七年も前のことや」となっちゃんの思い出絵巻が始まる。

「ずぶ濡れで避難所に行っても、開いてなくて二時間も待たされたんだよね」

「そや。でもな、それより、その後が大変やった。橋がないだけやないんや。土砂で川が浅くなってしもた。川に流れこむ小さな排水溝があるんやけど、その出口がふさがって、川に水がよう流れんで、家の床下に溢れてしもたんや。そのことに、後で気ぃついてな。押し入れ開けてみたら、ふとんもなにもかも、びっしょり。カビだらけや」

「やだ、大変」

「それが河川地に住んどるいうことなんやなぁ。で、そこにまた雨や。これは困った、また水が溢れてくる思うて、ともかくなんとかせんならんと、雨合羽着て、スコップもって、一人で、排水溝の出口の土砂を掘りにいったんよ。雨に打たれながら、土を掘っているうちに、だんだん悔しゅうなってきてねぇ。前から土木に、川掘ってください、排水溝直してください、って頼んでも、一つも相手にしてくれへんの。そやけど、うちだってちゃんと税金納めとるし、なんでこんなことまで一人でせなあかんのかと思うたら、腹が立って腹が立って、その勢いで、近くにある県の土木事務所に乗りこんだんよ」

「雨合羽にスコップで？」

「そや、雨合羽にスコップで。で、『すぐ来てください、溝が詰まって水が溢れてるんです。あんたたち、がたいもいい。一人か二人来てくれたら、すぐになんとかなりますから、すぐそこですから』って頼んでも『いや、工事をするには申請が必要で、まずは現場検証を』とかなんとか、埒（らち）があかん。そやから、家に戻って、市役所の土木課に直接電話したん。『あんたらが命令一つ出してくれたら、土木事務所の人も動いてくれるでしょうから、どうかお願いします』って。ほんでも、またおんなじように『まずは現場検証を』って。こっちはまたふとんが濡れてしまいそうなのに、かなわんわ。ほんで業を煮やして

『わかりました。それならわたしが自分でやります。好きなようにやらせてもらいますから』って啖呵切って、ガチャンと電話を切ったん」

「いかにも、お役所仕事だねぇ」

「ほしたら、次の日、さっそく、四人も飛んできたわ」

「四人も、現場検証に？」

「そや、あんだけ頼んでもきてくれへんかったのに『勝手にやられたらたまらん』って思うたんやろね」

なっちゃんは、ククク と笑う。

「そのときのことなんだね、『こりゃ、まずい』『えらいこっちゃ』って独り言を言うお役人の後ろを着いて歩いたのって」

「そやそや」

「ほいでな、その役人、いきなりうちに威丈高に『岸辺さん、石一つ触ったらあかんで』って言わはるから、うち『言いたいことは、それだけですか』って。『排水の水が溢れて困ってるんは、うちだけやありません。川底にも泥が溜まって、また大雨が降ったら、こんどは岸を越えて溢れます。そうなったら、河川地だけやなくて、ここら一帯、大変なことになりますよ。それでも、ほっぽらかしですか。市役所がしてくれたら、うちだって、女だてらにスコップ握ったりしませんわ』って」

「すごいね。ちゃんと一人で堂々と抗議したんだ。大したもんだね」

「そのあとすぐに、共産党の議員さんらも視察に来てくれてな。泥浚（どろさら）いも橋をかけるのも、市長に頼んでくれる言わはって、心強かったわぁ。ほいでな、川底はわりとすぐに浚ってくれたん。そやけど、橋がかからん。あるとき、議員さんから手紙が来て『申し訳ない。橋はダメでした』って。

うち、もう悲しゅうて悔しゅうて、堪らなくなってな、お酒飲んで、夜間中学の先生に電話したん。ほしたら『夜間中学で勉強した力試しや。市長さんに手紙を書いてみぃ』って言われて、一生懸命書いたんやで。便箋十枚も書いたわ」

「十枚も！　力作だね」

「そやけど『ご意見はお伺いしました』いう返事だけで、なしのつぶてや」

「あるある。よくあるお役所仕事の典型」

「がまんならなくて、市役所に乗りこんだんよ。で、言うてやったんや。『住んだらあかん河川地に住んで、反則をしてるのはうちやて、ようわかってます。そやけど、うちの父さんは、植民地時代、朝鮮から強制連行されて、戦争が終わっても帰るに帰れなくなって、暮らしに困ってここに住みついたんです。貧乏な中、みんなの役に立つように自前で橋を架けたんです。うちら河川地に住むもんばかりやない、近所の人もみんな、あの橋を便利に使(つこ)てきました。もう七十年を超えて、みんなの橋やったんです。父さんは結局、帰りたい国にも帰れず、就きたい仕事にも就けずに、貧乏のどん底で亡くなりました。そんな父に、この国はなにをしてくれましたか？　うちも、好きでここに住んでるわけやないんです。うちの宿命やから、ここにおるんです。あんたらみんな、大学出の学士さまでしょうが、わかりますか、この気持ち。蔑まれて、バカにされて、生きてきたこの悔しさを』って。ほしたら、お役人が『ストップ！　岸辺さん、もう黙って。岸辺さんから市長宛に手紙が来ていることは、ここにいるみんなが知っています。土木事務所が乗り気ではないので滞っているのですが、ぼくがもう一度、市長に直訴しますから。あの市長なら、きっとわかってくれるはずです』って」

「それで、橋が架かったんだね」

「そやねん。一度はダメになったけど、考え直してもろたん」

「すごいねぇ。なっちゃんの執念が実ったんだね。立派な演説、したねぇ」

いまが一番しあわせや

「そんなことをな、堂々と人の前で話せるようになったんも、夜間学校のおかげや。あそこで、歴史を勉強せなんだら、一生、父さんや母さんの人生もわからんかった。自分がなんでここにいるのかも知らんままやった」

「よかったねぇ、学校に行って」

「ほんまや。励ましてくれるええ先生にも出会えたしな。先生に橋のこと、報告したときのことやったなぁ。『あんたは、子どもの頃からきちんと学校に通っていたら、政治家になれたはずの人や』って言うてもろたんは」

「ほんと、そうだと思う。なっちゃん、きっと、弱い立場の人の気持ちのわかる、いい政治家になっただろうなぁ」

「やだぁ、先生までそんなこと言わはって。うちな、いまが一番しあわせや」

なっちゃんは、またその台詞（せりふ）を言った。いままで、何度も聞いた台詞を。

「ほんまはな、こんなところに死ぬまで住まなあかんのかって、恨む気持ちになったり、しゃあないなぁとあきらめたり、いやがんばろうって草引きして花を植えたり。一日のうちでも、元気になったり、落ちこんだり、まるでジェットコースターや。心穏やかってわけにはいかんわ。そやけど、だからこそ、いままで生きてこられた、って思うとるんや。自分で自分をなだめたり、慰めたり、笑（わろ）たり、不良友だちとカラオケ行ったりして、ストレス発散してな。

四月に警察に捕まったやろ。あれから『鎌振りまわす危ないおばん』って評判が立って、ここ、猫一匹、通らんようになったん。それもかえってよかった。ほっとしてるん。窓のすぐ下を、がやがや人が通ったり、自転車やバイク、飛ばされて、恐かったもん。いまは静かなもんや。

これもな、大自然がうちを守ってくれてるからや。静かに暮らせるようにって。いままでずっとずっと、死ぬような目にも遭って、子どもを盗られたり、大好きな一郎さんと別れたり、貧乏したり、そりゃあ大変やったけど、それもこれも、切り抜けてきたんは、大自然のおかげや。大自然が、うちに生きろって言うてくれたんや。そやからうち、ほんまにいまが一番しあわせなんや」

「そうかぁ、大自然か」

「もう、こんな歳になって、ここは天国行きのプラットホームや。花いっぱいのプラットホームにして、天国行きの汽車を待ってるところや」

じーんとした。ここはなっちゃんが丹精した花畑のある天国行きのプラットホーム。わたしだって、ほんとうは同じだ。コロナでいつ、あの世行きの汽車に乗せられてしまうかわからない。いや、だれもが、生まれ落ちたとたん、ほんとうはそんなプラットホームに立たされているのだ。行き先が天国なのかどこなのか、それはわからない。この駅には、時刻表もない。いつ汽車が来るのか、だれにもわからない。

なっちゃんは、汽車の待ち時間を過ごすためのすてきなプラットホームを、自分で作ったのだ。

日が暮れていく。空の青が深まり、西の空が燃えだす。夕暮れの川風が心地よい。秋の虫がさまざまな音色を奏でだす。そのひとつひとつが、なっちゃんの花園を包む大自然だ。

「なっちゃん。ちょっと橋を見に行こうか。なっちゃんの橋、また見たくなった」

「ええよ」

なっちゃんを誘って、橋の方へと歩むと、緑色のつやつやした丸い実がぽつんと一つ、セメント舗装の小道に落ちていた。

「あれ、これは」

拾ってみると柿の実だ。見あげると、青い実がいっぱいになっている。

「なっちゃん、この柿、甘いの？」

「甘いよ。秋になったら、たくさん獲れるから、おいで」

「うん。柿もぎ、手伝ってあげる」

ふと見ると、幹にお面がかかっていた。髪がまん中から分けられて、ひと目で韓国風とわかる。

「なっちゃん、これは？」

「ああ、これ、夜間中学のときに、うちが美術の時間に作ったお面や。自分の顔やで。屋根裏に置いてあったの、外して、ここに架けたん」

「屋根裏から、わざわざ出してきたの？」

「何年も前から、屋根裏にイタチが住みついとるねん。追いだそうとして、バルサン焚いたり、鼠捕りのベタベタするもん置いてみたり、いろいろやってみたけど、どれもだめ。怖がらせたら逃げるかと思うて、目玉の大きなぬいぐるみを置いて、その隣に、このお面も架けたんよ。ほしたら、こないだ、電気屋さんが屋根裏開けたとき、これ見て、腰抜かさはったん」

「あはは。びっくりしたろうね」

「イタチはちぃとも怖がらんのに、電気屋さんが目を回してしもた。ほんでな、うち、もうイタチのことはあきらめることにしたん。悪さするわけでもなし、ここで死ぬまでいっしょに暮らせばええわって思うて。そやから、ぬいぐるみもお面も屋根裏から下ろしたんよ。ぬいぐるみは捨ててしもたけど、これは自分で作ったもんやし、ここにかけてみたん」

「へえ、そうなんだ。これ、なっちゃんの顔なんだよね。韓国風だね」

「そや。あの頃、韓国の時代劇が好きでなぁ、ぎょうさん見てたん。自分の国やし、自分の顔作るなら、朝鮮風にしてやろ、思うてな」

なっちゃんは屈託なく、そう語った。わたしは、胸に小さな小さなガラスの刃がすっと刺さったような透明な痛みを感じた。朝鮮なんてどうでもいい、家柄なんて関係ない、いいことなんて一つもなかった、差別されただけだった。そう言ってきたなっちゃんが、こんな自画像を作るなんて。切ないと思いながらも、どこかほっとした。なっちゃんにもやっぱり、韓国を故郷だと慕う気持ちがあったんだ。わたしはふと、聞いてみた。

「ねえ、なっちゃん、韓国には行ったことあるの？」

なっちゃんが「あるよ」とこともなげに答えたので驚いた。

「一度だけやけどね。五十を過ぎた頃、腰をいわしてな、だんだん具合が悪うなる。どこのお医者に行ってもだめ。そのとき『ああ、父さんと母さんのお墓参りせなんだから、こうなるんや』って思うて、韓国に行ったん」

「そう。ご両親のお墓、韓国にあるんだ」

「釜山（プサン）いうとこや」

「だれかと行ったの？」

「一人で。でもな、兄さんがあっちに連絡してくれて、韓国に帰ったのっぽの叔父さんがソウルの空港に迎えにきてくれたんよ。叔父さん、日本にいたから、日本語ペラペラでしょ。ずうっと案内してくれて、一つも不自由せなんだ」

「よかったねえ」

「うちな、叔父さんが向こうで貧乏してたらと思うて、お腹に五十万円巻いていったんよ。でも、一銭も使わないですんだ。いい暮らししていて、何から何まで、面倒を見てくれたんよ」

「へえ。叔父さん、韓国に帰ってよかったんだね。で、どんなお墓だった？」

「山一つがね、全部うちの一族のお墓なの。大きな大きな土饅頭（どまんじゅう）がいくつもあって、きれいに芝生を張ってあるんよ。その前に古くて大きな石の台があって、そこにいろんな食べ物をお供えするん。横には、石碑もあったわ」

「立派なお墓だねえ。なっちゃんのお父さんはヤンバンの出身って言ってたけど、やっぱりそうなんだね」

「かもしれんけど、関係ないわ。日本に行って貧乏したんやもん」

「なっちゃん、そこのお墓に入るの？」

「入らんわ。入れてもらえへんわ。女は嫁いだらよその家の人間やもん。そやけど、一郎さんちの墓にも入れんし、うち、墓なんかないわ」

「息子さんに作ってもらうの？」

「あらへん、あらへん。息子らにそんな苦労はかけとうないもん。うち、無縁仏でええねん。みんなといっしょに無縁仏の墓に入れてもろて、かわいそうな女やて、いろんな人から手を合わせてもらえたら、それでええねん」

「そうかあ。そんな覚悟なんだ。で、お墓参りして、腰はよくなったの？」

「ならへん。気持ちはすっきりしたけどな、腰は一向によくならん。先祖をちゃんと祀(まつ)らんから腰が治らんとか、いろいろ言う人おったけど、そんなん関係ないわ。わざわざ韓国までお参りしてもご利益なんかこれっぽっちもないもん。とうとう家の中で這(は)って歩くほどひどくなって、食べ物もよう食べられへんようになってしもた。うちももうこれでお終い、このまま死ぬんかなぁ、って思うたとき、たまたま弟が近くに来たからって寄ってくれてな、うちを見てびっくりして、すぐに病院に連れていってくれたん。いつもの近くの病院やなくて、天理のよろづ病院へ。そやけど、車の中でひどく具合が悪くなってしもてな、とうとう天理まで行かんと、途中にあった大きな病院に駆けこんだんよ。ほしたら、そこには最新の機械があって、すぐに検査してくれて、そのとき初めて椎間板ヘルニアってわかったん。ほいで、即手術」

「ええ、すぐに？」

「すぐしてくれた。ほしたら、あんなに苦しかったんが、嘘みたいに、すっきり治ったんやで」

「すごい」

「うち、悪運、強いやろ」

「悪運じゃない、強運だよ」

「不思議やねえ。やっぱり、大自然が守ってくれてるんやなぁ」

なっちゃんはお得意のその台詞をいい、気持ちよさそうに風に顔を向けた。柿の木の葉が、夕暮れの風にそよぐ。幹にかけられた韓国風のお面も、穏やかに微笑んでいた。

「悪友がな、このお面見て、言うねん。『ほんなら、ここに、鎌もいっしょにぶらさげとき。鎌振りまわす、恐いおばんがおるぞって、だぁれも寄りつかんようになるわ』って。ほんで、うち、歌ってやったん。♪ここは天国　釜ヶ崎〜♪てな」

なっちゃんは、笑い転げる。

「え、それ、なんの歌？」

「知らんの？『釜ヶ崎人情』いう歌や。♪人はスラムというけれど　ここは天国　釜ヶ崎〜♪　ってね」

またケラケラ笑う。

夕闇の中、小さな橋の白い欄干が見える。

なっちゃん、わたしたち、もう少し、ここにいようね。この天国行きのプラットホームに。汽車が来るまで、もうちょっといっしょに遊ぼう。いつか、あの橋を渡って、遠い遠いところに行く日まで、いっしょに。

あとがき

という名の蛇足

なっちゃんと出会って二度目の夏が来た。長期政権には終止符が打たれたが、後継者はさらにひどく、事態は悪くなる一方だ。「コロナに打ち勝った証」のはずの東京オリンピックは「コロナに打ち負かされた証」となり、激増する感染者数への嘆息と、金銀銅メダルへの祝福の歓声が、隣りあわせで報道される悪夢の日々となった。

幸い、まだ天国行きの列車はやってこない。なっちゃんもわたしも元気だ。この春、なっちゃんの花園には、またあのオレンジ色の花が咲いた。でも、ほんの少しだけだ。昨年、駆除した甲斐があった。今年も抜いたので、来年はもっと減るだろう。コロナも、一年前にこんなふうにしっかり対策されていれば、いまのような惨事にはならなかったと思うと、残念でならない。

この先、どんな世界が待ち構えているのか。スペイン風邪の大旋風が去ったように、コロナ禍もいつの日か過ぎ去るのか。それとも、世界はすっかり様変わりしてしまうのか。

屈託なく人と集い、語りあった日々は、はたして戻ってくるのだろうか。

重苦しい雲が垂れこめた日々だったが、悪いことばかりではなかった。おかげで、なっちゃんに会えた。なっちゃんの底抜けの明るさは、わたしにとって、雲間から射した一筋の光だった。

先日訪ねてみると、あのヒビだらけのセメント舗装に、新たにセメントが上塗りされていて驚いた。なっちゃん、いまだに一人で土木工事をしている。「手伝うよ」と言っても、木の剪定も草刈りも、みんな一人でこなしてしまう。体を存分に動かしているなっちゃんは、不健康な物書き生活をしているわたしよりも、ずっと長生きしそうだ。

「なっちゃん、こんどセメント塗るときは、きっと教えてね。わたし、セメントの中にビー玉を埋めたいの」

そう言ったら、なっちゃんは「まあ、うれしい。かわいらしゅうなるわ」と喜んでくれた。花の好きななっちゃんは、きっとビー玉の歩道も気に入るだろう。そんな乙女な側面もある。こんどこそ、呼んでくれるかもしれない。

あれから、なっちゃんとあちこち遊びにいった。あるとき、神社で、仲むつまじく歩く年老いた母親と息子さんの姿を見て、なっちゃんはこうつぶやいた。

「あーあ、うちも一郎さんと別れんかったら、あんな暮らしができたんやろなぁ。一郎さんと別れて、うちの人生、七十五度変わってしもたわ」

「え……七十五度？」

微妙だ。いぶかしがっていると、なっちゃんは、あわてて訂正した。

「あ、間違えてしもた。三百六十度や」

「三百六十度？　やだぁ、なっちゃん、それじゃ、元に戻っちゃうよ！」

そんななっちゃんが、好きだ。なっちゃんは、どんな人生を送ってきたとしても、きっと三百六十度ぐるっと回って、きっとこの場所に戻ってくるだろう。明るくてたくましく、素直で心やさしいなっちゃんという人物像に。にしても、七十五度とはどこから出てきた数字だろう？

つい最近、なっちゃんはプロポーズされたという。夜間中学時代の同級生が、二十五年ぶりにいきなり訪ねてきて「この頃、毎晩、あなたの夢を見る」と告げたそうだ。

「夜間中学時代も、手も握ったこともない人やで。よぼよぼのおじいさんやで。そんな人が『結婚してください』言うもんやから、うち、悔しゅうて悔しゅうて、三晩、よう眠れんかった」

「え？　プロポーズされたのに、どうして悔しいの？」

「『結婚しよう』言うたら、女はだれでも喜ぶと思うとるのが、腹立つわ。うちも、甘く見られたもんや。うちより十ぐらい若くて、イケメンで、一億円ぐらい持ってたら、ちぃとは考えてやってもええけどな」

なっちゃん、相変わらず意気軒昂だ。なっちゃんの人生は、いつでもその名のように真夏だ。苦しい時代もあったけれど、刈っても刈っても生い茂る草のようにたくましく復活し、炎天下に咲くカンナや向日葵のように明るく咲き誇っている。

なっちゃんにこの本の原稿を読んでもらったら、こう言われてしまった。

「つまらん。うち、予言するわ。この本は、一冊も売れへんで。そりゃあ、先生の友だちくらいは買うやろうけど」

「どうして、そう思うの？」

「あんなぁ、小説いうんは、先がどうなるかわからんから、おもろいもんやろ。この話は、先がみーんなわかってしまうもん。ひとっつも、おもろない」

そりゃそうだ、これは、なっちゃんの物語だもの。

幸いなことに、この世界では、なっちゃん以外の人はすべて、なっちゃんではない。よかった。さて、なっちゃんの予言は、どれくらい当たるだろうか。

宇宙に唯一無二のなっちゃん、大切な物語を聞かせてくれて、ありがとう。本にして、みんなとわかちあうことを許してくれて、ありがとう。なっちゃんに勇気づけられる人が、きっといっぱいいると思います。どうか、いつまでも、いつまでも元気でいてね。

この本を作るのに関わってくれたすべての人に限りない感謝を！　なっちゃんという小さな太陽が、みんなの心を少しでも明るく照らしますように！

二〇二一年　盛夏のならまちにて

著者略歴

寮 美千子（りょう・みちこ）

作家・詩人。1955年、東京に生まれる。毎日童話新人賞、泉鏡花文学賞を受賞。2007～16年、奈良少年刑務所において絵本と詩を使った「物語の教室」の講師を務める。関連書に、受刑者の詩をまとめた『空が青いから白をえらんだのです 奈良少年刑務所詩集』（新潮文庫）、『世界はもっと美しくなる 奈良少年刑務所詩集』（ロクリン社）、『写真集 美しい刑務所 明治の名煉瓦建築 奈良少年刑務所』、ノンフィクション『あふれでたのは やさしさだった 奈良少年刑務所 絵本と詩の教室』（西日本出版社）がある。

なっちゃんの花園
2021年9月28日　初版第一刷発行

著　者　寮 美千子

発行者　内山正之

発行所　株式会社西日本出版社
〒564-0044 大阪府吹田市南金田1-8-25-402

［営業・受注センター］
〒564-0044 大阪府吹田市南金田1-11-11-202
TEL:06-6338-3078
FAX:06-6310-7057
郵便振替口座番号　00980-4-181121
http://www.jimotonohon.com/

編　集　竹田亮子

装　丁　LAST DESIGN

協　力　岸辺夏子

印刷・製本　株式会社光邦

Special thanks to
山北圭子　廣岡みどり　生方ひろの　松永洋介

ISBN978-4-908443-58-9

日本音楽著作権協会（出）許諾第2106836-101号